经典写作课
W
RITING

风格练习

Exercices de style

〔法〕雷蒙·格诺　著

Raymond Queneau

袁筱一　译

人民文学出版社
PEOPLE'S LITERATURE PUBLISHING HOUSE

著作权合同登记号　图字 01-2017-3749

Raymond Queneau
Exercices de style
ⓒ Editions Gallimard，Paris，1947

图书在版编目(CIP)数据

风格练习/(法)雷蒙·格诺著；袁筱一译.
—北京:人民文学出版社,2017(2023.2重印)
(经典写作课)
ISBN 978-7-02-013106-8

Ⅰ．①风… Ⅱ．①雷… ②袁… Ⅲ．①长篇小说-法
国-现代 Ⅳ．①I565.45

中国版本图书馆 CIP 数据核字(2017)第 170493 号

责任编辑　卜艳冰　何炜宏
装帧设计　高静芳

出版发行　人民文学出版社
社　　址　北京市朝内大街 166 号
邮　　编　100705

印　　刷　上海盛通时代印刷有限公司
经　　销　全国新华书店等

字　　数　85 千字
开　　本　889 毫米×1194 毫米　1/32
印　　张　5.75
插　　页　2
版　　次　2018 年 1 月北京第 1 版
印　　次　2023 年 2 月第 6 次印刷

书　　号　978-7-02-013106-8
定　　价　39.00 元

如有印装质量问题,请与本社图书销售中心调换。电话:010-65233595

目录

翻译的可能与不可能
袁筱一

一、格诺与翻译的不可能？

现在想来，当初接下《风格练习》的翻译或许真的是一时脑热。出版社等了我三年，我等了自己三年，始终没有等来曾经期许过的那个"好的状态"。

我希望翻译《风格练习》的原因部分出于翻译上的野心：做一件真正的，明知不可为而为之的事情。而另外一部分原因，说到底也还是翻译上的，是想知道，在明知不可为而为之的前提下，作为译者的自己究竟能获得多大的自由度。

于是在三年中，无数次翻开《风格练习》，下定决心突破读者身份的时候，我却因为陷入深深的焦虑里，又无数次地放弃。好像有点不太愿意承认：且不论自己能获得多大的自由，做了那么多年的文学翻译，我似乎连从读者跨越到译者的这一步都迈不出去。曾经，我可是那么为格诺的文学主张所欢欣鼓舞啊：我真的认为（到现在我也不觉得我那时的想法很傻很天真），他可以给每一个文字工作者带来解放。

我最后还是得把怯懦的原因归结到格诺的身上，以减轻内心的负罪感。

格诺出生、成长以及成名都是在20世纪的前半叶，对于法国文学来说，或许可以算得上是一个回光返照的时代——虽然这么说多少有些不谨慎。动荡的局势为文学提供了无数的可能性和再认识自己的机会：尤其是两次世界大战和迅速蔓延的物质主义。巴尔扎克和福楼拜预言的堕落不可阻挡地到来了。可问题是，预言变成了现实，文学本身的道路便被堵死了，曾经的道路由此失去了价值。对于在 20 世纪初出生的文学青年来说，在危机中杀开一条自己的道路是必然的选择。

超现实主义在某种程度上显示了当时文学的法国颇有些"壮士断腕"的决心，尽管与此同时，传统依然或多或少地在马拉美的弟子们，在罗曼·罗兰，在法朗士，甚至在普鲁斯特身上得到了继承。格诺开始时也被裹挟到超现实主义的洪流之中，为偶然性创造文学这一当时崭新的命题所吸引，但很快就与之决裂。如果我们赞同贡巴尼翁的判断，相信 20 世纪法国文学是由"波"的方式构成的，格诺或许就位于"超现实主义之波"与"塞利纳之波"之间，甚至自己也构成了一个不大不小的"波"——我们难道不是把乔治·佩雷克看作他的继承人吗？

所谓的两"波"之间，往简单说，是指格诺也同样根植于20 世纪法国文学的环境里。一方面，与瓦雷里、布勒东一样，格诺从开始就不能赞同"侯爵夫人五点钟出门"的小说模式。但另一方面，迷恋于文学各种可能性的他却并不把消灭"侯爵夫人五点钟出门"——实际上也消灭不了——的小说样式当作当代小说家或者诗人的宗旨。20 世纪初法国文学异常复杂的状况的确可以为我们提出"文学的可能性"这样的命题式。

与超现实主义分道扬镳之后，格诺沉溺于语言本身。从他的兴趣来看，他把语言——或者更确切地说是文学语言——放在符号的视野下来对待，这倒是也与20世纪现代语言哲学的蓬勃发展并行不悖。贯穿了他一生的关于语言的命题显然更小一些：那就是，偏离了口头语言的文学语言会陷入危机。他为此做出种种努力：包括他的写作本身——格诺是小说家、诗人、剧作家，包括他成为伽利玛出版社的审稿人之后，对各类新的，突破性书写的发现，也包括以他为首成立的"乌力波"写作工场。

格诺到生命的最后几年不得不承认他在这个问题上走得有点远，与后来语言的发展并不吻合。语言多少以存在即合理为其信条，预言起不了太大的作用。所以将文学的宝压在语言存在本身，而不是像以往那样，压在政治、社会和人身上，的确是件危险的事情。实际上，尽管20世纪后半叶理论家们也不遗余力地解构书写语言，以及其中包含的逻各斯中心主义，指责这是人类偏离本真的开始，但这毕竟只是理论上的解构，绝非语言实践。语言真的重新开始再度接近所谓"本真"的口头语言，并不是借助文学这一书写语言最顽固的形式，而是需要等到新媒体时代的到来才能够迅速"堕落"。只可惜20世纪70年代离世的格诺没有看到这一天，即便看到了这一天，这样的"本真"是否是他期待的本真，可能也真的需要打一个问号。

我们因而能够理解为什么格诺作品几乎没有中译的原因。如果将写作当成对语言的挑战，如果写作的内容本身就是语言，它在另一种语言中几乎是无法翻译，也无需翻译的。但必须承认，这也是我当初接受这一翻译的动力。贝尔曼所谓的译者"冲动"在这个过程中得到了最好的解释。如果说，所谓应原作呼唤，成为那个"被选中"的译者恐怕还是脱不了自恋的干系，正是因为种种限制而呼唤出内心那种最为原始的冲动却是真实的。

只是还没有到准备好粉身碎骨的那层境界。毕竟不是《尤利西斯》或是《芬尼根守灵夜》——格诺倒是很迷恋乔伊斯——，格诺的作品大多数停留在试验的层面，因其量上的轻薄而带有些游戏的意味。半个多世纪的时间过去，格诺在法国文学中已经沉淀为经典或许不容怀疑，但在阅读上对法国语言文化的发展历史有很高要求的格诺作品是否也已经成为世界性的经典，这当然需要打个问号。

这就是根植于传统与迁移张力中的文学作品自身所带的悖论之一。世界性的，未来式的书写倘若在文本完成的第一时间就已经盖棺定论，它的世界性和未来性可能在很长的时间里就止于此，因而不再召唤翻译或其他形式的传播。作品的世界性和未来依赖的是新的构建与生成，而不是规定。

当然这并不意味着这个悖论成了格诺的悲剧宿命。如果说格诺作品在狭义上的翻译数量颇为局限，另一种意义的翻译却并不少见。仅以《风格练习》为例，有对《风格练习》的其他方式演绎，例如戏剧（可参见正文之后的附录"卷宗"）；再者便是各种语言、各种形式的"向格诺致敬"的作品，除了法国一系列为我们所熟知——某种程度上在中国的生命甚至超过格诺本人——的作家都片段性地呈现过格诺的手法，我们甚至能够读到中国女作家陈宁以同样的形式完成的《风格练习》。而在狭义翻译的作品中，最值得一提的应该是前不久才去世的艾柯的意大利语译本。在我看来，这也是翻译《风格练习》，或者翻译格诺作品的最佳形式：格诺借助自己的作品开启的正是写作的可能性，他废除了文本的权威性，从而也就废除了翻译一向的心理依赖，使翻译成为几乎不可能。于是一定需要像艾柯那么强大，才能完成吧。

二、《风格练习》与翻译说明

拖了三年，实在将九久读书人的编辑何家炜先生拖得没有交代，因为不想陷朋友于尴尬境地，最终还是完成了数度想要放弃的《风格练习》的翻译。在微信里，我最后一次在译与不译中挣扎，写给家炜的是十三个字：译也名节俱毁，不译也名节俱毁。

所以算是做好名节俱毁的准备了吧。为了求得原谅和等来更好的译本，于是做此说明。

《风格练习》，正如文后附录卷宗中所提到的那样，是一部很难归类的作品——这是 20 世纪法国文学作品的特征之一，亦即传统的"诗歌、戏剧、散文、小说"之类的体裁分类不再适用。《练习》凡 99 篇，完成于 1942 年到 1946 年之间，1947 年出版第一个版本；1963 年第二版时又做了一定修改，但总的"练习"篇数保持不变。从内容上说，《练习》所"叙"之"事"颇简单：在公共汽车上，有一个年轻男子，衣着外貌有些乖张，他在汽车上与人发生争执，但未等对方反应就已放弃，离开原地抢了个空座。不一会儿后，他又出现在圣拉萨尔火车站，与另一年轻人在一起，两人在讨论外套上衣扣的事情。

进入 20 世纪，如今我们对福楼拜遗赠下来的"什么也不是"的小说都已经有了一定的了解：那就是文学不应该直接针对已有的社会，无论是批判抑或颂扬，文学不为了道德评价，文学可以在最平庸的世界和人身上发现与时代风尚相悖的"真相"。所以，《风格练习》在情节和人物（可人物的密度并不低！）上的简单倒也并不意味着信息量为零，只是说明小说可以不直接奔着政治评价去。"卷宗"作者对《风格练习》影射第二次世界大战时期作了比较详细的论述：从人物到相应的时代指征——例如"S"路公共汽车之类。译成中文寥寥几百字的文本背后却隐藏着大量的可供发现的地理、历史和社会信息，而且99 篇练习各自不同，应该说，这是《风格练习》最为直接同时也是最为有趣的价值之一。和我们想象的相反，最简单、最平庸的世界对于文学来说，可能是空间最大的。

格诺笃信文学首先是关于语言的，因而他基本还是把"风格"当作"练习"的目标。一个如此简单的事件，可以用 99 种——甚至还可以更多！——方法来叙述！不管怎么说，99 这个数字也许有其含义①，所以格诺最后选定了 99 种作为可以产生无穷变化的"风格"的母体。他并没有解释《风格练习》这99 种方法的排列遵循何种规则。大体看来，应该还是按照完成的时间顺序，但不排除将某些风格类型相近的文本放置在一起，

---

① 卷宗部分有详尽的阐释，在此不再赘述。

组成一个个小的序列。例如感官序列（练习54—58），再例如音节省略序列（练习35—37），时态序列（练习30—32），等等。小的序列可以只由两篇彼此对立、补充的练习构成，例如"主观视角"与"主观视角二"，不同的人物构成了不同的第一人称叙事之"我"。

　　我们很难对《风格练习》中的99篇练习有一个明确的分类。风格所涉范围之广，由此也可窥一斑。从翻译的角度上来说，大致有以下几个方面吧：

　　第一类是与叙事内容相关的风格，主要体现在词汇或不同的文化指征上，借助叙事环境、叙事口吻、叙事手段以及与此相对应的所叙之"事"的变化来完成。这一类风格在《练习》中所占的篇幅最多。也是我们最容易理解到的"风格"。这一类风格虽然也构成翻译的难点，但大致总在可控的范围之内，用我们一贯的直译态度，虽不能尽善尽美，亦可保留相当的空间留待读者自己去发现。其中值得一提的是格诺对"书面"的语言的讽刺，例如影射"言必称希腊"的《造作体》或是《希腊词源》，或是竭尽抒情之能事的《故作风雅体》《惊叹》《感叹》，过分看重修辞的《隐喻》《曲言》，等等。作者当然也兼顾到了自己的广泛兴趣，或者旨在告诉我们，对于一件事情，我们有完全不同的视角和方法加以观察。《植物学》《动物学》《医学》等是一个序列，格诺个人专注的《几何学》《集合论》则又是另一个序列。

　　第二类则与传统的文本"类型"相关，涉及诗歌、戏剧、普通叙事，还有一些实用文体，例如第一篇的《笔记体》《公函》

等。文本类型原本就包含了一些语言的规则在内，例如词汇或句法。但是我们当然知道，所谓的"不可译"倒是和这些语言的规则不完全相关——几乎所有语言的文学都包含相似的"类型"——而是诗之诗意，剧之戏剧冲突。以《风格练习》中的诗歌体为例，格诺仿写了《亚历山大体》《十四行诗》，也仿写了来自日本文学的《短歌》，现代诗歌体则为《自由体诗歌》。我在翻译的过程中倒是多少有点解脱感：因为格诺写作的原意仿佛就是为了告诉我们：去除诗意的诗歌还是诗歌吗，即便它满足了所有的形式要求？

　　第三类的风格建立在法语（或者西方语言）特有的语法基础上。最为突出的是上文所提及的"时态序列"。这对于翻译来说几乎是不可能的，因为汉语中并没有与之相对应的"现在时""简单过去时"与"未完成过去时"。然而与上一类文本的翻译所揭示的现象正相反，所谓的"时态"表达的不仅仅是一种语法的规则，而翻译的可能性也正在于此，不同的时态表达的恰恰是叙事点的变化以及由此而产生的叙事内容的变化。我们说，现在时的叙事点是与叙事同时发生的"当下"，简单过去时注重动作的连贯和前后顺序，未完成过去时重描述，讲得大致也算得清楚。汉语动词虽无形态，却有表达。而通过翻译而改变的现代汉语的句法，虽然稍嫌啰嗦，却也是向语言精确性的一种努力。

　　第四类的风格就在于挑衅性质的语言游戏。也是相对翻译而言需要重点讲述的部分。语言游戏玩弄的语言的音与声、意义与形态，在不同语言中，语言游戏几乎是不可复制的。但从格诺所信奉的原则来说，语言的创造无非在于一定的规则。和诗歌的形式一样，在明确的规则下即可执行。这一信条放在语言游戏的翻译——倘若我们真的将翻译当作某种形式的书写——上竟然也并没有离谱到哪里去。只是不同的语言游戏给翻译造成的难度到底还是不同的，不同之处就在于确立规则的难易程度。从实践的角度来说，我们提的问题是，我们应该遵循完全相同的规则？还是因为不同的形态系统，音声系统，我们需要创造一种在目的语语言中至今为止还未出现过的相似的规则？

前者如《词序混乱》《逻辑接力》《造词》《陈述差别》《拟声》《不同词类》等，我们的确可以在译本中遵循几乎相同的规则，故在此不作具体说明。后者则往往因为表音文字与表意文字之间的差别，需要我们在翻译中另行制定规则，否则各位读者可能完全坠入云山雾罩之中。具体按照原文本练习的顺序说明如下：

1. 练习20，《字母移位》：字母移位的规则在于将文本中所有的名词用词典中该名词之后的第六个名词替代，所以"Type"（家伙）就变成了"Typhon"（台风）。翻译中，我们并没有依循同样规则查阅汉语词典，因为汉语词典不以词为序，而是以字为序。我们的翻译规则在于翻译其原文所用之词，这总与超现实主义的先驱洛特雷阿蒙的所谓"雨伞与缝纫机在手术台上的相遇"颇为相似。

2. 练习22，《同声结尾》："同声结尾"是指每一句话均以押韵（并非汉语中严格意义上的韵）的方式结尾，很有些为押韵而押韵的味道，也可以使用同词，故称之为"同声"，而不是"押韵"。在翻译过程中，"同声"依然是我们追求的唯一准则。

3. 练习34，《异形同词重复》："异形同词"指的是文中充斥着同一词干构成的词，其意在"重复"。文中的同一词干为"contribu-"，文中取"纳税"之意，由此演变出"纳税人""纳税的"等动词、名词、形容词。翻译中也是一一遵照，并无变化。

4. 练习35—37，《头音节省略》《尾音节省略》《词中音节消失》：这是音声游戏，当然也涉及词语形态。顾名词义，头音节省略就是取消一个词的第一个音节，倘若这个词是单音节的词，则彻底消失；尾音节省略是指取消一个词的最后一个音节，倘若这个词是单音节的词，则可得到全部保留。词中音节消失则是对于两个以上音节构成的词而言，取消中间音节。翻译过程中，因汉语词多由两字构成，即双音节词，所以头音节或尾音节省略两则练习中，我们依循同样的规则。而对于《词中音节消失》，因汉语中多为双音节，我们采取了取消偏旁，成为另一个汉字的方法。与原先游戏之规则不同，但也实属无奈。

5. 练习61—62，《字母交叉对调》与《词语交叉对换》：前者是指词语彼此交换字母，后者则词语彼此交换位置。在我们的翻译中，也同样以词为单位，进行汉字对调和词语对调。

6. 练习69，《字母避用》：这是格诺最为著名的游戏之一，在于文本中避用所有带"e"的词语，在翻译中相应演变为避用汉字"的"。

7. 练习70，《英语外来词》：文本中出现了大量的英语借词，翻译过程中故也同样使用英语的音译借词。

8. 练习 71—73，《词首增音》《词中插音》《词末增音》：分别在词的词首、词中、词末增加无关音节。翻译过程中，我们则在词首（以汉语词，而非汉字为单位！）、词中、词末插入相应虚词，尽量只发生音节上的变化，而不是语义上的变化。

9. 练习 75，《元音换位》：是指不同的词交换彼此的元音音节。因汉字本身由两个音节构成，所以我们采取同样的规则，交换不同汉字中的元音音节。

10. 练习 78—79，《屠夫行话》《爪哇语》：这是两则与俗语、口语、行话、黑话相关的练习。前者虽词汇有很大变化而不可辨识，句法仍从法语句法，故翻译中基本想从俗语的角度完成，个别词进行了变化，差不多也是取文盲、大老粗的词汇及错别字。后者则的确如题目所示，完全不知所云，故译文中也几乎使用不知所云的词语，除了个别指征保留可供推敲外，的确如"爪哇语"一般！

11. 练习 81，《伪拉丁语》：既然为"伪"，与真正的拉丁语当然不同。作为非字母文字的汉语完全无法表达其拉丁语词干＋法语词尾的构成方式，既取其"古"，决定采用生造的"古汉语"表达。很不成体统，供读者一笑了之！

12. 练习 82，《同音异义》：即同音字。翻译中均转化为同音字。只求同音，读来颇有经文的感觉。

13. 练习 83，《伪意大利语体》：与《伪拉丁语》遵循相似原则。因汉语无法表达，改为《伪日语体》，用日本汉字及不完全日文句法。

14. 练习 84，《"英格里希"腔》：与前一篇《英语外来词》

不同，所谓的英格里希腔就是一个英国人按照英国人的发音读法语！我们的翻译原则与此相近，就是一个法国人按照法语的发音读汉字拼音！

15. 练习85，《首辅音对调》：与元音对调的规则相似，《首辅音对调》则是词之间交换彼此的首辅音；翻译过程中遵循的规则并无改变。

翻译并无定本，从一种语言的规则翻译到另一种语言的规则更是如此，相信还有更有创意、更为大胆的——高手出自民间！——读者能提出更好的翻译方案吧。这倒不完全是个玩笑话，我曾经觉得，《风格练习》最好的翻译方式，应该是开放性质的，或许可以想象一种在网络上招标的方式，让所有读者都有可能参与，提供各自的方案与翻译结果。大概是操作上的难度，并没有能够实行，可是希望这个抛砖引玉的版本出来之后，确实有集大家智慧于一体的可能，在未来有第二个，第三个，第四个……版本出现。至少也可以像格诺本人那样，到了60年代，部分地更新在法语中已经失去时代意义的练习。

无论如何，我还是非常感谢这次翻译《风格练习》的机会。因为我切实体会到了翻译的不可能以及，——三年以后——翻译的可能。格诺本人也是译者，仅以此译文向他表示敬意。

另外需要说明的是该版本（1995年伽利玛版，正文为1963年版本，但增加了由让-皮埃尔·雷纳尔编辑撰写的附录"卷宗"。）除正文之外，其他组成部分的翻译说明如下：

书名：我在《文体练习》与《风格练习》之间犹豫了很久，

最后还是认为《风格练习》更为贴切。

　　练习的篇名：秉持尽量直译的原则，适当照顾到读者对相应练习规则的理解。我们在目录页做了中法文的对照，并增加了练习的序号。原文中的所有练习均无序号。

　　卷宗部分：附录卷宗部分原为教学所用，教师、学生均可参考。因此与一般的编者言不同，它并非真正的评论，而是集提供信息、分析以及可能提出的问题于一体。或许作者为了尽可能保留读者阅读的空间，分析部分很简短。卷宗分为四个部分：背景、主题、形式与语言、其他。翻译过程中，考虑到阅读的连贯性，我删去所有教学部分，主要是布置思考作业的部分。

　　注释部分：注释分成两部分，一是脚注，均为译者所加，主要解释翻译中的具体考虑或原注中未能提供的相关文化背景。二是尾注，均为原注，正如注者所言，是任何一本词典都不能提供的对"格诺语"的注释。

1

笔记体

　　S路车[1]，某高峰时间。一男子，二十六岁左右，软帽，软帽缎边代之以绳，长颈，仿若有人从上方拽住。人们下车。该男子与旁人冲突。他指责对方在有人经过时都要撞到他。一副哭丧模样却欲呈凶恶状。看见一个空位，该男子迫不及待地冲过去。

　　两小时后，我在圣拉萨尔火车站前罗马庭院再次遇见他。他有一同伴，同伴告之"大衣上应再钉一扣"，并指出纽扣应钉之具体位置（胸口处）及原因。

2
重　义

　　大约正午 / 十二点左右，我登上 / 跻身于一辆公共交通工具 / 公共汽车的车后平台 / 车厢外站立处，车上十分拥挤 / 挤满了人，是从贡特斯卡尔普到香贝雷的 2S 路车。我看到 / 注意到一个年轻男子 / 有一定年龄的少年，行为可笑 / 颇为滑稽：瘦削的颈子 / 细长的脖管，帽子 / 扣在脑袋上的玩意儿上围了一圈细绳 / 带。一阵拥挤 / 混乱，他大声说 / 嚷嚷，声音 / 语调带着哭腔 / 哭唧唧的，他说旁边的人 / 一起乘车的人趁大家下车 / 出车门的时候故意 / 用力推搡 / 挤兑他。刚说完 / 张开嘴巴后不久，他冲 / 奔向一个空的 / 别人才腾出来的位子 / 座位。

　　两个小时以后 / 过了一百二十分钟，我在圣拉萨尔火车站前 / 罗马庭院与他再次相遇 / 又一次见到了他。他与 / 跟一位朋友 / 同伴在一起，同伴劝 / 怂恿他在外套 / 大衣上再补上 / 缝上一颗纽扣 / 植物象牙圆牌牌。

3
曲　言

　　我们好几个人结伴同行。一个年轻男子，看上去不怎么聪明的样子，和他身边的一个人交谈了一会儿，接着他就走开坐下了。两个小时后，我又一次遇见了他；他的身边有位同志，两人在谈一些无关紧要的琐事。

4

隐　喻

这天的中间时刻，腹部白兮兮的鞘翅目大昆虫上，挤满了一堆移动的沙丁鱼。一只小雏鸡儿，伸着拔光了毛的长脖子，冲着旁边一条泰然处之的沙丁鱼嚷嚷，他的语言在空气中延展开来，充满了湿漉漉的抗议。接着，瞄到某处有一片空，小雏鸡儿立即冲了过去。

同一天，在城市了无生气的荒漠中，我再次见到了他，这回轮到别人傲慢地训他，为了某颗纽扣的事情。

5

反　溯³ ①

　　你应该在外套上再加颗扣子，朋友对他说。我在罗马庭院的中央遇见了他，之前一次遇见的最后时刻，他正贪婪地冲向一个空位子。冲过去之前，他才抗议过旁边的乘客挤着他了，他说每次别人下去的时候，这个乘客都会撞他一下。这个瘦骨伶仃的年轻人戴着一顶可笑的帽子。这一幕发生在某辆挤满人的 S 路公共汽车的车后平台上。

───────────────

① 此处考虑与我们日常所理解的"倒叙"手法不同，没有采取这一译名。通常意义的"倒叙"是指以事件为单位，将后发生的事件放在先发生的事件之前描述。此处是将叙事时间完全倒置，以动作为单位，而不是以事件为单位。

6

惊 叹

这辆公共汽车的车后平台多么拥挤啊！还有这个小伙子，看上去是多么愚蠢、可笑！他在做什么呢？难道不是正和一位绅士发生口角吗？他，这个公子哥儿，说那位绅士撞了他！接下来，他也没什么事儿了，于是迅速占了个空位！而不是把空位子留给女士！

你绝对猜不到，两个小时后，我竟然在圣拉萨尔火车站前遇见了他！就是这个想必看到女人就会贱兮兮献殷勤的年轻人！他正在听取别人关于他衣着的建议！而且是他的一个伙伴的建议！

真是难以相信！

7
梦

　　周围的一切似乎都是雾蒙蒙的，泛着珠光，很多人，只是看不清楚，然而年轻男子的轮廓还是那么分明，仅仅是他那细长的脖颈，仿佛就宣告了人物既怯懦又爱抱怨的性格。帽子上不是缎带，而是绳拌。接着他和一个我看不清楚的人起了争执，再后来，他好像是害怕了，冲向走道的一团阴影。

　　梦的另一部分里，这个人在阳光下的圣拉萨尔火车站前行走。他和一个同伴在一起，同伴对他说："你的外套上应该再加一颗扣子。"

　　就在这时，我醒了过来。

8
预　卜

待到中午来临，你会站在公共汽车的车后平台上，那里站满了乘客，然后你会在其中分辨出一个可笑的小青年：瘦骨嶙峋的脖子，软毡帽上没有缎带。这个小个子不是太舒服。他会觉得有人上上下下的时候，有位先生故意撞他。他会和这位乘客说的，但是那人不会回应他，因为根本看不上他。而这个可笑的小青年则会感到惶恐，在乘客的鼻子底下窜向一个空位子。

稍后你还会见到他，在罗马庭院，圣拉萨尔火车站前。一位朋友陪着他，你会听到这样的对话："你的外套两襟不太服帖；你应该加颗纽扣。"

9

词序混乱[4]

可笑的年轻男子，有一天在一辆挤满了人的 S 路公共汽车上碰到的，吊着似的长脖子，帽子上细绳，我注意到一个。傲慢的，哭哭啼啼的语调，在他旁边，抗议一位先生。因为他推搡他，每次有人下车。空位子他坐下了，冲向座位，说完。罗马（庭院）我两个小时后遇见他，外套上扣子加一颗一个朋友劝他。

10

彩 虹

　　有一天，我站在一辆紫色公共汽车的车后平台上。那里有个很可笑的年轻男子：靛蓝色的脖子，帽子上有根细绳。突然，他对一位脸色发青的先生提出抗议。他声色俱厉地指责他，说每次有人下车他都撞到了他。才说完，他冲向一个黄色的座位，坐了下来。

　　两个小时后，我在橘色的火车站前又见到他。他和一个朋友在一起，朋友劝他在红色的外套上加颗扣子。

11

逻辑接力[5]

（嫁妆，刺刀，敌人，教堂，气氛，巴士底狱，通信）

有一天，我上了一辆公共汽车，站在车后的平台上，这辆车应该是马里亚日①先生女儿的嫁妆，而马里亚日先生主宰着巴黎地区公共交通公司[6]的命运。车后平台上有个颇为可笑的年轻人，不是因为他没有佩戴刺刀，而是因为他看上去佩戴着刺刀，实际上却没有。突然间，年轻男子向他的敌人发起了攻击：那是一位站在他身后的先生。他指控他，说他的行为不像在教堂那么彬彬有礼。气氛由此变得紧张起来，这个没用的小个子于是走开坐了下来。

两个小时后，我在距离巴士底狱两三公里的地方再次遇见了他，他和一位同伴在一起，同伴劝他在外套上加颗纽扣，其实这个建议可以通过通信的方式告诉他。

---

①　此处马里亚日这一姓氏的原文为"Mariage"，在法语中有"婚姻"的意思。

12

犹　豫

　　我不确定这一切发生在什么地方……教堂？垃圾箱？藏尸间？也许是一辆公共汽车？那里有……但是究竟有什么呢？鸡蛋，地毯，红皮白萝卜？骨头？是的，可骨头周围还有肉，是活人。我想应该是这样。一辆汽车上有很多人。但是有一个（还是两个？）尤为醒目，我也不知道是因为什么。因为他的狂妄自大？因为他的脂肪过剩？还是因为他的悲伤？最好……更确切一点……应该是因为他的年轻，还有一个长长的……鼻子？下巴？拇指？不：是脖子，还有一顶奇怪的帽子，奇怪，很奇怪。他陷入了争执，是的，是这样，也许是和另一位乘客（男的还是女的？孩子还是老人？）。吵完了，反正总是会以某种方式结束的，也许是两个对手中的一个逃走了。

　　我相信我后来遇见的是同一个人，然而是在哪里呢？在一座教堂前？藏尸间前？垃圾箱前？他和一个同伴在一起，同伴应该在和他说些什么，但是究竟是什么呢？什么呢？什么呢？

13

精　确

12 点 17 分，在 S 路 车 一 辆 长 10 米，宽 2.1 米，高 3.5 米，从起点算起已经开了 3.6 公里长，承载了 48 位乘客的公共汽车上，一个男性乘客，年龄为 27 岁 3 个月 8 天，身高 1 米 72，重 65 公斤，戴一顶 17 厘米高的帽子，帽子上部有一根长为 35 厘米的带子，他质问另一个男子，另一个男子年龄为 48 岁 4 个月 3 天，身高 1 米 68，体重 77 公斤，年轻男子的质问由 14 个词组成，约 5 秒钟长，指涉的是自己在不情愿状态下产生的数次距离在 15 到 20 毫米间的移动。接着他到距离 2.10 米的地方坐了下来。

118 分钟后，他站在离圣拉萨尔火车站 10 米处，往市郊方向入口，他和一位年龄为 28 岁，身高 1 米 70，体重 71 公斤的同伴在散步，散步距离为 30 米，同伴用 15 个词劝他在上方钉一颗直径为 3 厘米的纽扣。

14

主观视角

我对自己的衣服没有什么不满意的，今天。我开始戴一顶新帽子，很调皮的模样，还有我的外套，我觉得也很好。在圣拉萨尔火车站前遇到 X，这小子想要破坏我的好心情，说我外套的领子开得太低了，应该加颗扣子。不过他没敢攻击我的帽子。

稍早一些，我好好地教训了一个粗人，每次有人上下车，他都借机故意撞我。这一幕发生在一辆非人类的公车[7]里，上面挤满了人，可恰逢我不得不使用公车的时刻。

15

主观视角二

今天，公共汽车的车后平台上，我身边有个少见的毛头小伙子，幸亏少见，要不然我肯定会哪天就杀了一个。这个淘气鬼在二十六岁到三十岁间，实在是让我很生气，倒不是因为他那被拔了毛的长脖子，也不是因为他帽子上的缎带缩减成了一种绛紫色的绳子。啊！混蛋！他真是让我倒足了胃口！由于那个时候车上人很多，我趁着有人上车下车的机会将我的手肘往他的肋骨间推进了一点。最终，在我决定把脚趾伸过去一点给他来上一脚之前，这个胆小鬼还是逃跑了。为了激怒他，我本可以告诉他，他的外套衣领太低了，应该加颗扣子。

16

叙事体

一天，将近中午时分，近蒙索公园，在一辆几乎载满乘客的 S 路（如今改为 84 路 [8]）公共汽车的车后平台上，我看见一个脖子长得出奇的人，他戴着一顶软帽，软帽上的饰物不是缎带，而是编成辫状的细绳。突然，这个人责问起旁边的乘客，说他趁着别的乘客上上下下的机会，故意踩他的脚。可是他很快就不再说下去了，而是冲向了一个空出来的位置。

两个小时后，我在圣拉萨尔火车站前又见到了他，他正在与一位朋友热烈交谈，那位朋友建议他，他的外套领口开得有点低，可以找个能干的裁缝，把第一颗纽扣往上钉一点。

17
造　词

　　我参入拥挤人群性[9]地登临公车平台，这是在吕特斯[10]往南方向的时空下，我与一个长脖[11]及戴绳辫帽者毗邻，一个毛头小伙子。他和匿名某人说："你撞现[①]我。"话才弹射出，他即贪婪占据空位。在后来的时空下，我又见到他定位圣拉萨尔广场，与 X 在一起，X 对他说：你应该让外套补扣化。然后他继续解释。

[①]　此处作者用"bousculer"（撞）和"apparaître"（出现）一词合成生造了一个词，故译为汉语词汇中并不存在的"撞现"。

18
否　定

这既不是在船上，也不是在飞机上，而是在某种地面交通工具上。这既不是早晨，也不是晚上，而是中午。这既不是婴儿，也不是老人，而是一个年轻男子。这既不是缎带，也不是细带子，而是辫状绳带。这既不是游行，也不是斗殴，而是人群间的拥挤。这既不是一个可爱的人，也不算恶人，而是一个易怒的人。这既不是真理，也不是谎言，而是借口。既不是站着，也不是躺着，而是意在 ^{12} 坐下。

既不是昨晚，也不是第二天，而是当天。既不是火车北站，也不是里昂火车站，而是圣拉萨尔火车站。既不是亲人，也不是陌生人，而是一位朋友。既不是辱骂，也不是讽刺，而是关于衣着的建议。

19

泛灵论

帽子，柔软的，棕色，长圆形，帽檐上围着一圈绳辫，一顶在众多帽子中分外显眼的帽子。有时，地面的坑洼不平通过公共汽车的车轮传递到他，他，帽子，帽子也为之震动。每每停下来，来来往往的乘客都会从侧面撞击到他，有时撞击颇为频繁，最终惹得他发火了，他，帽子。他通过人的声音表达了愤怒，将这声音与帽子相连的，是帽子下一个类球形的东西，这东西上围绕骨骼有肌肉分布，上面有几个小洞。接着他突然走开坐了下来，帽子。

一两个小时以后，我看见他位于离地面 1.7 米左右的高处，正放着，在圣拉萨尔火车站前，他，帽子。一位朋友正在劝他，为他的外套加颗扣子……一颗额外的扣子……他的外套……对他说……对他……帽子。

20

字母移位

峰高刻时，S路公共汽车上，一个二六十岁左右的伙家，削瘦的脖长子，帽礼上饰装着一根子绳，而不是带缎，他和另个一客乘吵争起来，责指他意故撞他。啼啼哭哭的，他冲向一个座空位。

一个时小后，我又在马罗院庭见过他，圣萨拉尔车火站。他和一个伴同在一起，伴同对他说："你该应让人在套外上加颗扣纽。"他还给他出指了地方（胸口 13）。

21

陈述差别 ①

在一辆公共汽车（autobus）上（这里不能看成是"另一个炮弹"[autre obus]），我看见（vis）（这里不能看成是"用一颗螺丝"[avec une vis]）一个人（personnage）（可不是"丢失了年龄"[perd son âge]），戴着一顶帽子（chapeau）（不能看成是"猫皮"[peau de chat]），帽子上饰有一根绳辫（fil tressé）（不是"屁股上挨揍的 tril 函数"[tril fessé]）。他有（possédait）（而不是"罐子让步"[pot cédait]）一根长脖子（un long cou）（不是"傻狼"[un loup con]）。由于人群很拥挤（se bousculait）（而不是"球撞了"[la boule se fousculât]），一个新的乘客（nouveau voyageur）（而不是"牛类面条客"[un veau nouillageur]），撞开了上述的那个人（déplaça le susdit）（而不是"吮吸上述的那个菜"[suça ledit plat]）。这个人发怒了（Cestuy râla）（而不是"这个牡蛎拉着"[cette huître hala]），但是看到一个空座位（une place libre）（而不是"弄弯了一头醉牛"[ployant une vache ivre]），他立刻冲了过去（s'y précipita）（而不是"就近刺了上去"[si près s'y piqua]）。

————————————

① Distinguo 指的是在辩论中对差别进行陈述。

稍后，在圣拉萨尔火车站（la gare Saint-Lazare）（而不是"惊慌包围了偶然"[là où l'hagard ceint le hasard]），我瞥见了他（je l'aperçus）而不是（"才获知冰冻"[gel à peine su]），他正和一个同伴在说话（il parlait avec un copain）（不是"他被浇了一勺粪"[il écopait d'un pralin]），关于大衣上的扣子（un bouton de son manteau）（不要和"下巴上端"[le bout haut de son menton]混起来）。

22

同声结尾14①

　　一天，酷热，我乘坐的公共汽车，一个小头家伙手舞足蹈着，指指戳戳的下颚，小小的脑袋15颇为奇特。梦游的神色使之显得穷凶极恶，而且与高贵庄严无涉，另一点是在说"好色"，但是隐藏了他的胆小青涩，他退却了，屈服了，将屁股塞进另一个壳。

　　一小时后了，圣拉舍火车站前了，他和人讨论纽扣的事了，就是外套上的纽扣了。

────────────

①　译文虽然也试图同声结尾，但由于翻译的关系，故不能与原文中的同声结尾词一一对应。

23

公　函

非常荣幸，能够作为一个公正的，但亦对此感到震惊的证人，将以下事实告知您。

就在这一天，大约中午时分，我站在一辆公共汽车的车后平台上，车子正往北行进在古塞勒大街上，往香贝雷广场的方向。上述的公共汽车客满，甚至我可以说是超载，因为售票员虽然没有合法的理由，只是出于夸张的善意，因此也是用近乎宽容的心态，竟违反规则额外让好几个要求上车的人上了车。每到一站，上下的乘客来来往往，都会造成碰撞，竟至引起一位乘客的抗议，当然这位乘客出于羞怯有所保留。我应该说，待到可能他就找了位置坐下来。

在上述简短的叙述基础上，我还要增加一段补遗：此后不久，我又有机会见到了这位乘客，他和一个我并不能辨明身份的人在一起。他们边做手势边交谈，其主题似乎关乎美学。

鉴于以上这些情况，我请求先生指示，从这些事实中我可以得到哪些结论，以及我在随后的生活中可以采取的态度。

此致敬礼！盼复！

24
新书宣传插页 [16]

著名小说家、已经出版了很多杰作的 X 在这部新小说中，以其独特的才华，勾勒了若干人物，这些人物被放置在所有人都能够理解的环境中，所有人，伟大的或者渺小的。情节围绕着故事主人公在公共汽车上的一次相遇展开，他遇见了一个谜一般的人物，与前者发生了口角。而在最后的情节里，我们会读到这个神秘的主人公正专心致志地听朋友给出的建议，他的朋友是个标准的公子哥。小说家 X 带着罕见的幸福感勾勒的这一切营造了一种非常令人着迷的感觉。

25

拟　声

在一辆"突突突"开着的 S 路（对于斯人而言，是"嘶嘶"呼啸的蛇[17]）公共汽车的车后平台上，"布拉，布拉，布拉"，差不多正午时分，"叮叮当，叮叮当"，一个可笑的青年男子，"噗噗噗"，戴着这样一顶帽子，"呼"，突然转（旋转着，旋转着）了起来，转向旁边一位看上去不太高兴的乘客，哦，哦，他对这位乘客说："嗯，嗯，您故意撞我，先生。""笃"。正说到这里，"呜"，他冲向一个空位子，坐下了，"噗"。

就在同一天，稍后一点，"叮叮当，叮叮当"，我又一次看见了他，他身边是另一位青年男子，"噗噗噗"，他和该男子闲聊，话题是外套上的纽扣（"呸呸呸"，天没热到这个程度吧……）。

"笃"，到此为止。

26
逻辑分析

公共汽车。

车后平台。

公共汽车的车后平台。这是地点。

中午。

大约。

大约中午时分。这是时间。

乘客。

争吵。

乘客间的争吵。这是情节。

年轻男子。

帽子。瘦削的长脖子。

一个年轻男子戴着饰有绳辫的帽子。这是主要人物。

某人。

某个人。

某个人。这是次要人物。

我。

我。

我。这是第三个人物。叙事者。

词语。

词语。

词语。这是人们说的话。

空座位。

坐了人的座位。

一个空座位，然后坐上了人。这是结果。

圣拉萨尔火车站。

一小时后。

一位朋友。

一颗纽扣。

听到的另一句话。这是结论。

逻辑的结论。

27

反复强调

一天，中午前后，我登上一辆几乎载满了人的 S 路公共汽车。一辆几乎载满了人的 S 路公共汽车上，有一个颇为可笑的年轻男子。我和他上了同一辆车，而这个年轻人，在我之前就上了这辆 S 路公共汽车，几乎载满了人的车，中午前后，他的脑袋上戴着一顶我觉得颇为可笑的帽子，我，与这个年轻男子登上同一辆公共汽车的我，S 路，一天，中午前后。

这顶帽子上围着一圈类似绳辫的东西，就像是以前骑士的拴帽绳，而戴着它，这么一顶帽子，上面还有这绳辫的年轻男子和我在一辆公共汽车上，一辆几乎载满了人的公共汽车，因为这会儿是中午；而在这顶绳辫模仿骑士的拴帽绳的帽子下，有一张长长的脸，接下去是很长，很长的脖子。哦！这个年轻男子的脖子多么长啊，这个年轻男子，戴着一顶饰有拴帽绳的帽子，在一辆 S 路公共汽车上，一天的中午前后。

在这辆把我们，我和这个长脖子、戴着一顶可笑的帽子的年轻男子带向终点的 S 路公共汽车上，某一天的中午前后，冲撞挺厉害。冲撞突然引起了抗议，抗议正是来自这个长脖子的年轻男子，在 S 路公共汽车的车后平台上，一天的中午前后。

控诉的声音哭唧唧的，诉说着受伤的自尊，因为在 S 路公共汽车的车后平台上的，这个年轻男子戴着一顶饰有骑士拴帽绳的帽子，还有一根长脖子；这辆S路公共汽车上还有一个空位子，虽然因为中午，车上几乎载满了人，这个空位子立刻就被戴着可笑帽子的长脖子年轻男子给占了，这是他一直觊觎的空位，因为他再也不愿意站在这辆公共汽车的车后平台上遭人撞击了，就在这一天的中午前后。

两个小时后，我在圣拉萨尔火车站前再次见到他，这个早先，同一天的中午前后，我在S路公共汽车的车后平台上已经注意到的年轻男子。他与一个和他差不多的同伴在一起，同伴就他外套上的某颗纽扣提出建议。另一个很仔细的在听建议。另一个，就是戴着一顶饰有拴帽绳的帽子的年轻男子，我在S路公共汽车的车后平台上看到的年轻男子，公共汽车几乎载满了人，那一天的中午前后。

28

不知道

　　我，我不知道你们究竟想从我这里知道些什么。是的，我中午前后乘坐过 S 路。人很多吗？当然，在这个时候当然人多。有个戴软帽的年轻男子？很可能。我，我很少仔细打量别人。我才不在乎呢。绳辫？帽子上？我倒挺想这么好奇的，但是我，我可能不会对这种事情感到惊讶。绳辫……他和另一位先生起了争执？这种事情经常发生。

　　接着，一个小时或两个小时后，我可能又见到了他？为什么不能？生活当中比这更奇怪的事情也有。比如，我记得我的父亲经常告诉我……

29

不确定的过去

我登上往香贝雷方向的公共汽车。车上有很多人，年轻人，老人，女人，军人。我买了车票，然后我往周围望去。不是很有趣。不过我还是注意到一个年轻男子，因为他的脖子太长了。我打量了他的帽子，注意到帽子上不是缎带，而是一条绳辫。每次有新的乘客上车时他就会被撞到。我什么也没说，可是长脖子的年轻男子却控诉起他旁边的人来。我没听到他说了些什么，但是他们对视的眼神却充满恶意。于是，长脖子的年轻男子匆忙走开坐下了。

从香贝雷回来，我打圣拉萨尔火车站前经过。我看到这个家伙正在和一位同伴讨论些什么。同伴用手指着他外套胸口上方的位置。接着公共汽车把我带走了，我看不见他们。我坐着，什么也没想。

30

现在时

　　中午，炎热在公共汽车乘客的脚边蔓延开来。顶在长脖子上的一颗愚蠢的脑袋，戴着一顶滑稽的帽子，也被点燃了，很快就爆发了争吵。气氛过于滞重，似乎刚刚从嘴巴传到耳朵的辱骂还热腾腾的，得要败一下火。于是，到里面坐了下来，凉快凉快。

　　过了一会儿，火车站前的双庭院[18]，出现了关于衣着的问题，汗津津的胖手指很笃定地摆弄着某颗纽扣。

31

简单过去时

中午。乘客们上了公共汽车。大家挤作一团。一个年轻的先生脑袋上戴了一顶饰有绳辫，而非缎带的帽子。他有个长脖子。他抱怨旁边的乘客撞他。一发现有空位，他即冲过去坐下。

不久后我在圣拉萨尔火车站前看到了他。他穿着一件外套，在火车站的一位同伴对他所言如下：你应该加颗纽扣。

32

未完成过去时

　　这会儿是中午。乘客们纷纷登上公共汽车。我们处在很拥挤的状态。一位年轻的先生戴着一顶饰有绳辫而非缎带的帽子。他长着长脖子。他抱怨身边的乘客总是撞他。当他看见一个空座位时，他冲了过去，坐着。

　　不久后我又看到他，在圣拉萨尔火车站前。他穿着一件外套，正好在那里的一位同伴对他说道，应该加颗纽扣。

33

<h1 style="text-align:center">亚历山大体</h1>

一天，在写有 S 的公共汽车上，
看见一个小子，绝非仪表堂堂，
他在嘶叫，尽管帽子上是绳辫，
而不是缎带，他仍然嘶叫连连。
这个年轻男子看似无甚趣味，
脖颈长得无度，口臭令人气馁，
因为一个看上去很是庄严的
公民撞了他，他说，如果这乘客
为时间所迫，气喘吁吁上车
希望在贞洁的府邸消除饥饿。
就不再会有争吵，悲伤的某人
冲向一个座位，坐下，如此蠢笨
待到我从左岸的方向回转来
又一次见到他，男子，丑陋难耐
旁边是个古怪男子，傻瓜公子
他口口声声："别将纽扣钉于斯"。

34

异形同词重复[19]

　　我登上一辆载满了纳税人的公共汽车，他们把钱交给其中的一个纳税人，他的肚子上有个小盒子，用来收取所纳税费，这样别的纳税人就可以继续他们作为纳税人的旅程。在公共汽车上，我注意到有一个长脖子的纳税人，戴着一顶纳税人的帽子，帽子上围着一圈绳子，只是别的纳税人绝对不会戴饰有绳子的帽子。突然，我说的这个纳税人向旁边的一个纳税人发难了，不无酸涩地指责他，每次有纳税人上上下下想要纳税的时候，故意踩他这个纳税人的脚。接着这个发怒的纳税人坐上了另一个纳税人腾出来的纳税人专座。过了若干个纳税时之后，我在罗马纳税人庭院里看见了他，他和另一个纳税人在一起，后者给了他关于如何保持纳税人优雅的建议。

35

头音节省略

　　登客车。意到轻子，像鹿，子上有状的子。对一客火，责人车车时，踩他的丫。

　　从岸来，见和一友步，朋友着套上的颗子，给雅的议。

36

尾音节省略

　　我上一辆载满乘的公共汽。我注一年男，脖子好长颈，帽面一辫绳。他针另乘发，指他别上下，他到脚。

　　左回，我看他个朋散，朋友指他外第一扣，他优建。

37

词中音节消失
（字中偏旁消失）

我乀二一辆载满乖客的气车。我主意到一年坚男子，女像长页庇般的长脖子，冒子上饰有一乇辛。他中方力的口一个乖客灷火，口为他旨责他采也的却。

沿同各反万同斤反，我在罗马庭院敝见他，正义仑一果丑口引发的尤牙问题。

38

我，我

　　我，我明白这一点：一个家伙强烈抨击你踩了他的蹄子[20]，这激怒了你。但是抗议了之后，他就像一个胆小鬼一样走开坐下了，我，我可不太明白这一点。我，这一切我是在某一天，在一辆 S 路公共汽车的车后平台上看到的。我，我觉得这个年轻男子的脖子稍微长了一点，还有他帽子上的那圈绳子，也是蛮搞笑的。而我，我大概永远也不敢戴着这样的帽子出来招摇。但是就像我和你说的那样，这家伙在冲另一个乘客大吼大叫了一番后，就走开坐下了，没有更多的行动。换了是我，哪个混蛋胆敢踩我的脚，我就会给他来上一耳光。

　　生活中有很多奇怪的事情，我跟你说，我，大约只有两座山不会真正相逢。而我在两个小时后又一次看见了这个小伙子。我，我是在圣拉萨尔火车站前遇见他的。我，我看见他和他的一个同伴在一起，同伴对他说的话我都听见了："你应该把这颗扣子往上提一点。"我，我看见了，同伴指的是最上面一个纽扣。

39
感 叹

瞧！中午！乘公共汽车的时候！那么多人！那么多人！大家都挤成什么样儿啦！真滑稽啊！这个小伙子！什么样的脸蛋啊！什么样的脖子啊！七十五公分，至少！还有那绳子！绳子！我从来没有看见过这样的绳子！绳子！这是最滑稽的了！这个！绳子！围在帽子上！一根绳子！太滑稽了！实在太滑稽了！好啊，瞧，现在他发火了！那个帽子上有圈绳子的家伙！是冲旁边的乘客去的！他都说了些什么啊！说另一个乘客！可能踩了他的脚！他要抽他耳光了！肯定的！哦不！不！上啊！上啊！咬他的眼睛！打他！揍他！削他呀！哦不！他泄了气！这个家伙！长脖子的家伙！帽子上有圈绳子的家伙！他坐上了一个空位子！哦，是的！那个小伙子！

哎呀！真的！不！我绝对没看错！真的是他！在那儿！在罗马庭院！圣拉萨尔火车站前！他正在散步！和另一个家伙！另一个对他都说了些什么啊！说应该加颗扣子！是的！在外套上加颗扣子！他的外套上！

40
于是么

　　于是么公共汽车来了。于是么我上了车。于是么我看见一个吸引我眼球的人。于是么我看见了他的长脖子，还有他帽子上的那圈绳辫。于是么他开始和旁边的乘客嚷嚷，说他踩了他的脚。于是么他去坐下了。

　　于是么，过了一会儿，我在罗马庭院看到了他。于是么他和一个伙伴在一起。于是么，伙伴对他说：你应该在外套上再钉颗扣子。于是么。

41

造作体[21]

当黎明那玫瑰色的手指开始皲裂[22]，我如同一支利箭迅速登上 S 路一辆体格健壮、双目如牛[23] 的公共汽车，踏上了曲折的旅程。就像一个印第安人守候在战争的小道上，我也带着同样的准确与敏锐发现了一个年轻男子，他的脖子比脚力迅捷[24]的长颈鹿还要长，软帽上饰有一圈绳辫，就像风格练习里的主人公。致命的，胸如煤臭的不睦女神[25] 来临，嘴因为牙粉耗尽散发出恶臭，我可以说，是不睦女神在这长颈鹿般、帽上围一绳辫的年轻男子与一个脸色粉白、犹疑的乘客间散播毒菌。年轻男子对乘客说："说说看，坏男人，您似乎故意踩我的脚！"说完这些话后，长颈鹿般、帽上围一绳辫的年轻男子便走开坐下了。

不久后，在雄伟的罗马庭院，我再一次见到这个长颈鹿般、帽上围一绳辫的年轻男子，他和一个有衣着品位的同伴在一起，我灵巧的双耳听见了同伴的批评，是针对长颈鹿般、帽上围一绳辫的年轻男子最外面一件衣服的："你应该在这衣服的环路上通过增加或抬高扣子的方式补偿胸部开口过低的缺陷。"

42

通　俗

　　正中午的当儿，我爬上 S 路。和以前差不多啦，上车买票，可我看见了一傻帽儿，一副蠢样，长脖子和望远镜筒一样一样的，帽子上围了圈绳子。我干嘛要看他，还不就是他一副蠢样吗，这会儿可不，他冲旁边的乘客嚷嚷起来了。您倒是说说看，您就不能当心点，他说，那腔调哭唧唧的，他说，您故意的，他嘟哝着，老踩我的脚，他说。才说着，好像还很凶的样子，他竟然就去坐下了。真是不折不扣的傻瓜。

　　过了一会儿我又打罗马庭院过，我看见他，在火车站头上，和一个与他差不多一类的蠢货说点什么。说得再弄一颗，你该，他对他说，再钉个扣子，在你外套上加一颗，他总结说。

43

问　讯

"23 号这一天中午，您是什么时候上了这辆开往香贝雷门的 S 路公共汽车？"

"12 点 38 分。"

"上述的 S 路车上有很多人吗？"

"很多。"

"您有没有看到什么特别的？"

"有个特别的人，脖子很长，帽子上围着一圈绳子。"

"他的行为也和他的穿着及外貌一样特别吗？"

"开始的时候并不是；他还是正常的，但后来显得有点不正常了，就像是一个患循环精神病的偏执狂，易怒，还有点凝注力过弱。"

"这怎么解释？"

"这个特别的人冲他旁边的乘客嚷嚷，语调哭哭唧唧，问那个人，每次有乘客上下的时候，他是不是故意踩他的脚。"

"他的指控有依据吗？"

"我不知道。"

"这个事件后来是怎么结束的呢？"

"接着年轻男子就匆匆走到一个空位子坐下。"

“这事还有什么后续吗？”

“过了两个小时不到吧。”

“事情是如何发展的呢？”

“这个人又出现在我的路途中。”

“您何时，在什么情况下又遇见了他？”

“我乘车路过罗马庭院时。”

“他在那里干什么？”

“他就优雅穿着的问题进行咨询。”

44

戏　剧

第一幕

第一场

(S 路公共汽车的车后平台，某日，中午时分。)

售票员：请拿好找零。

(乘客把钱递给他。)

第二场

(公共汽车到站。)

售票员：先下后上。让让?

让让! 车上人很多。嘚呤，嘚呤，嘚呤。

第二幕

第一场

(布景不变。)

乘客甲 (年轻，长脖子，帽子上有一圈绳)：嗨，先生，每次有人过的时候，您好像故意踩我的脚。

乘客乙（耸了耸肩）。

第二场

（乘客丙下车。）

乘客甲（面对观众）：太棒了！空位子！我可得赶紧。（他冲过去坐了下来。）

第三幕

第一场

（罗马庭院。）

一位年轻的雅士（冲乘客甲，此时与其一起在人行道上）：你外套的领口开得有点松。你应该把扣子往上钉一点儿，这样会好些。

第二场

（一辆经过罗马庭院的 S 路公共汽车上。）

乘客丁：瞧，那个刚才和我一起坐车的，冲一位绅士嚷嚷的家伙。真是一次奇怪的相遇。我将把它写成一出三幕话剧。

45
旁　白

公共汽车满载乘客到站。但愿我能挤上去，但愿我的运气足够好，还能有空位置。其中的一个，他的脑袋颇为奇怪，脖子长得无度，戴着一顶软帽，帽子原本该是缎带的地方由一圈小细绳儿取而代之，正是这让他看起来有点自命不凡，突然间他开始瞧，他究竟怎么了大声责骂身边的一位乘客，另一个没有注意到年轻男子讲述的事情，他责备说他故意这家伙似乎在找茬，可他很快就泄了气，踩他的脚。但是由于车厢内空了个位子，我说什么好呢，他转身走开坐了下去。

大约两个小时以后，这样的巧合真是颇为奇怪，他在罗马庭院，和一位朋友在一起，和他一样的傻瓜[26]，朋友用食指指着他外套上的一颗纽扣他会说什么呢？

46

错误的同音节序列[27]

在开往土里土气，都是土包子的土的地的突突突的凸台上，有个让人吐槽的土拨鼠，兔唇[28]离乳突有几堆土那么远，没有缎带的高凸帽，突然和一旁的土八路起了冲突，说他突袭[29]他："秃子！你敢突我！"然后他为自己图了个座位，突地坐下，就像土拨鼠进了它的土洞。

土时，在密图聚会上，有一图文明示[30]："突出的管子！这颗凸扣和你的土衣有冲突！"

47

幽　灵

我们，布莱蒙索的猎场看守人，我们非常荣幸，能够就一无法解释的，邪恶的存在向您报告，这是在神圣的奥尔良公爵家菲利普亲王殿下的园林旁，1793 年 5 月 16 日，这一邪恶的存在戴着一顶形状怪异的软帽，上有一圈绳辫。于是我们很快观察到在上述的帽子下出现了一个年轻男子，长着一根长得出奇的脖子，也许是中国式的着装。这个人的可怕面貌让我们的血都凝住了，以至于忘了逃跑。匿名者起先没动，接着咕哝着，激动起来，似乎推搡身边的人，那些人我们看不见，但是他能感受到。突然，他的注意力又转向他自己的大衣，我们听见他说："缺颗扣子，缺颗扣子。"接着他上了路，往苗圃的方向。我们不由自主的为这奇怪现象所吸引，跟着他，直到出了我们的合法管辖范围，我们三个，包括那个匿名者，还有帽子，我们一起来到了一块荒芜，但是却种了色拉蔬菜的小花园。上面有一块不知哪里来的，见鬼的蓝牌牌，上书"罗马庭院"。匿名者嘴里仍然嘟哝着，还处在激动之中："他要踩我的脚。"接着他们都消失了，首先是他，过了一会儿他的帽子也不见了。完成这诉讼笔录之后，我要去"小波兰"³¹喝一杯。

48

哲　思

　　只有大城市能为现象学的思想呈现时间性的，不可能性的
巧合。有时，哲学家登上一辆 S 路公共汽车，这是一种工具性
的，无关紧要的非存在。他的眼球的松果体如此明澈，完全能
够透过转瞬即逝的、平淡的表征发现隐藏在虚荣的长颈和无知
的帽绳之中悲伤的世俗意识。这一未能有圆满实现的物质有时
会完全投身于生命冲动或是指责他人的冲动，其针对的是未因
意识而变得沉重的机体的伯克利学派非现实。这一伦理态度将
两者在最为无意识的状态中引向一种虚无的空间，在那里，无
意识分解成为原初的亲缘因子。

　　哲学研究自然在偶遇[32]中继续下去，但这是可以得到奥秘
解说的偶遇，同一存在与其非本质的缝纫陪练在一起，他的陪
练从本体的角度上，在知性的层面，将社会学意义过低的外套
纽扣概念进行移置。

49

顿　呼

哦，白金的羽毛自来水笔啊，但愿你疾走如飞，流畅无阻，能够在背面上光的纸上通过字母的凹凸，为戴着闪闪发光的眼镜的人们讲述好这个自恋的，公共汽车文体学意义上[33]双重相遇的故事。你是我梦幻引以为傲的战马，你是背负我文学战功的忠实的骆驼，我倚重、掂量、选择的词语之细流，描绘词典的，句法的曲线吧，通过图表和文字，这一切即将形成关于这个年轻男子乘坐 S 路公共汽车的叙述，无关紧要，颇为可笑，然而这个年轻男子决然不会想到，他会成为作家辛勤劳作中不朽的主人公。轻浮的，长脖子的，头戴一顶突出的，饰有一圈绳辫的帽子的年轻人啊，易怒的，坏脾气的年轻人啊，喜欢抗议却缺乏勇气的年轻人啊，为了逃避战争，将你逃跑者的屁股转而放在硬木板凳上吧，而在圣拉萨尔火车站前，当你振奋地竖起耳朵，听取某个人物关于你外套最上面一颗纽扣的缝纫建议时，你能想到这一修辞的命运吗？

50

笨　拙

　　我没有写作的习惯。我不知道。我很想写出悲剧，要么是
十四行诗，或者颂歌，但这些都有规则。这让我没法儿进行。
这不是给业余爱好者玩儿的。其实就这些话已经不错了。不管
怎么说，我今天看到了一点事情，我很想就此进行笔录。笔录
在我看来很平常。这应该是让出版社的审稿人颇为厌烦的那种
表达，因为审稿人总是希望看到手稿有什么特别的地方，这些
特别的地方对于出版商出版来说是必不可少的条件，因为审稿
人看到"笔录"之类的现成表达会很厌烦，可这就是我想写的，
因为我今天看到了点什么，尽管我只是一个不熟悉悲剧、十四
行诗或颂歌规则的业余爱好者，而且我没有写作的习惯。真见
鬼，我不知道我是怎么做的，但是瞧，我就这样回到了开头。
我永远也出不来了，活该吧。让我们抓住牛角。又是一个平淡
无奇的表达。瞧，这表达还不算太坏。如果我这样写：让我们
通过其软帽上的绳子抓住这个长有长脖子[34]的年轻男子，也许
这样就很好，因为独特。也许就通过这个我能认识法兰西学院
或塞巴斯蒂安–波旦街[35]花神咖啡馆的先生们。但是为什么我就
不能有点进步呢？写着写着我们就成了写手。这个表达着实不
坏。不管怎么说得有方法。公共汽车车后平台上的那个家伙就

缺少方法，因为他谩骂旁边的乘客，借口说每次趁别的乘客上上下下时故意踩他的脚。说他没有方法，更因为他抗议完之后，看到车厢里面有个空位置就赶紧跑去坐下了，就好像他怕挨揍似的。瞧，我已经把我的故事讲到一半了。我在想，我是怎么做到的。写作还是一件让人觉得舒服的事情。但最困难的还没完成呢。最棘手的。过渡。尤其是没有过渡的时候。我情愿就此停下。

51

漫不经心

一

我上了汽车。

"这是往香贝雷方向的吗?"

"您不识字吗?"

"请原谅。"

他机械地在肚子上捻着我的车票。

"拿着。"

"谢谢。"

我看看周围。

"您倒是说说。您。"

他的帽子上是一根类似绳子的东西。

"您就不能当心点吗?"

他的脖子很长。

"不,但是您倒是说说看。"

可他旋即冲向一个空位置。

"好吧。"

我对自己说。

二

我上了汽车。

"这是往贡特斯卡普广场方向的吗?"

"您不识字吗?"

"请原谅。"

他的手摇风琴 36 动了一下，然后，他带着高高在上的神情把票给我。

"拿着。"

"谢谢。"

车子经过圣拉萨尔火车站。

"瞧，是刚才的那个家伙。"

我侧耳倾听。

"你应该在外套上再钉颗扣子。"

他指了指地方。

"你的外套领口开得太低。"

这倒是真的。

"好吧。"

我对自己说。

52

偏　见

经过漫长的等待，公共汽车终于从街角处拐过来，也终于终结了人行道上的长队。有人下车，有人上车：我就在上车的人群中。大家都挤在车后平台上，售票员猛地拉了一下气门，发出一阵声响，车子重新出发。我扯出相应数量的票，递给售票员，看他用肚子上的小匣子盖了戳后，我开始观察身边的乘客。都是些男乘客。没有女人。于是我的目光变得百无聊赖起来。很快我就在一堆泥浆中发现了奶油：一个二十多岁的小伙子，小脑袋，长脖子，小脑袋上的大帽子上还围着圈调皮的小细绳。

多么可怜的家伙，我对自己说。

这家伙不仅仅是可怜，还挺可恶。他显示出很气愤的样子，指控有乘客经过时，某位资产阶级乘客踩他的脚。那个人严厉地看了他一眼，想要从自己所储备的，应对生活各种状况的反驳中找出一句凶狠的，可这天也不知道怎么了，竟然都没有能用上。至于年轻男子，他好像害怕自己挨耳光，于是利用一个位子突然腾出来的机会，冲过去坐了下来。

我在他之前下车，所以无法继续观察他的所为。我几乎已经忘记了他，可两小时后，我坐在汽车上，却又发现了人行道上的他，是在罗马庭院，他还是那么一副可悲的样子。

　　他和一个同伴一起踱来踱去，同伴应该是他优雅着装方面的导师，他带着一副公子哥儿的酸腐气，建议他再加钉一颗扣子，这样可以减少领口过低的负面影响。

　　多么可怜的家伙，我对自己说。

　　接着我们俩，我的公共汽车和我，我们继续我们的旅程。

53

十四行诗

光洁的银盘，软帽上的绳蛇，
身体孱弱的凡夫俗子，忧郁的脖颈
需要多长时间，才能将这些烦心事承应
乘坐一辆挤满了人的公共汽车

一辆来了，也许是十路，也许是 S 路。
车后平台，车子引以为傲却毫无价值的玩意，
小小的胸怀，却要盛下那么多兄弟，
阔佬们点燃了雪茄，不知出于什么缘故。

年轻的长颈鹿，早已是我们的奇谈，
爬上这块板，向一个老百姓发起控诉
那个人，他说，是想要他好看

想脱离困境的他瞧见了一个空位
坐下，时光流逝，回程中有一蠢夫
和他谈起与纽扣有关的装备

54
嗅　觉

　　在这辆往南开的 S 路公共汽车上，除了日常的味道，教士的味道，死人的味道，鸡蛋的味道，松鸦的味道，斧头的味道，长眠于此的味道，罪行的味道，翅膀的味道，屁眼里爱恨的味道，讨厌的人的味道，光溜溜的虫子的味道，厕所的味道，希腊救援劈开的夯的味道[37]，除了这些味道以外，还有年轻的长脖子散发出来的味道，某种绳瓣的汗味，愤怒的酸味，怯懦的，吝啬的腐朽味，这味道给我留下了那么深刻的印象，以至于两小时后，我打圣拉萨尔火车站经过，我又在一颗钉错地方的纽扣所散发出的化妆品般的，非常时髦的，缝纫的味道中[38]分辨出了它们的存在。

55

味 觉

　　这辆公共汽车里有着某种味道。很奇怪，但毋庸置疑。公
共汽车的味道不尽相同。这能够感觉到，但的确是真的。只需
要有所体验。这一辆车——S路——我们不用隐藏什么——我
能和您说的就是，这一辆车有一种烤花生的味道。平台散发着
一种独特的烟味，不仅仅是烤花生，而且还是被踩扁了的烤花
生！在离跳板 1.6 米高的地方，一个馋鬼——可他自己都不一定
知道——有可能舔了某样带点酸味的东西，那是一个三十来岁
的男人的脖子。再往上二十厘米，他正在天堂品尝罕见的带有
可可味的绳辫。我们接着品尝的是争吵的口香糖[39]，愤怒的栗
子，愤怒的葡萄以及苦涩的葡萄[40]。

　　两个小时后，我们有权品尝了甜点：外套上的一颗纽
扣……一颗真正的坚果。

56

触　觉

　　公共汽车摸起来很软，尤其是把它抱在两腿之间，双手抚摸，从头到尾，从马达一直到车后平台。但站到车后平台上，会发现有更涩手的，更粗糙的，例如钢板，或者扶栏，而与此同时，也会发现更丰满的，更有弹性的东西，是屁股。有时候会有两个，这个时候句子就必须使用复数。我们也能够看见一根跳动着的管状的东西，从中吐出些愚蠢的声音，还有一个更加柔软一点的工具，是顶帽子，饰有一圈螺旋形的绳子，绳子可比铁丝网更精致，比弦更光滑，比缆绳更细。我们也可以用手指轻触人类的愚蠢，因为夏天，有些黏腻。

　　接着，如果我们耐心地等上一两个小时，在一个粗糙的火车站前，我们可以将温热的手浸润在植物象牙制纽扣那清凉的精致中，一颗不在其位的纽扣。

57

视　觉

　　大致说来，它是绿色的，白色的顶，长形，带玻璃窗。这可不是第一个搞成这样的，带玻璃窗。车后平台没有颜色，非要形容一下，带一点灰色，带一点栗色吧。不过主要呈弧线形，S形。但是在这样的中午时分，高峰时刻，真是混乱的要命。想要做得更加完善一点，就必须从混乱中拉出一个淡褐色的长方形，上方放置上一个淡褐色的椭圆形，然后在这众多的淡褐色中贴上个帽子，上面可能还附加一圈西耶那陶土色的绳子。接着再添上个浅黄绿色的斑，用来代表狂怒，一个红色的三角用来代表愤慨，一泡新鲜的屎色用来代表缩回去的胆汁和毫无意义的怯懦。

　　再接下去，我们可以描绘出海蓝色的外套[41]，上面点缀着可爱的漂亮小玩意儿，正正好好，就在领口下方，一颗漂亮的小扣子。

58

听 觉

　　咣啷当[42]，噼里啪啦，S 路公共汽车来了，沿着寂静的人行道发出吱吱嘎嘎的响声。太阳的长号使得正午降了一个调。行人，怪声高唱的风笛一般，大叫着他们的号码。有些人上的是半音，不过已经足以把他们带往香贝雷门悦耳的拱廊。在最为气喘吁吁的人群中，有一个单簧管，时代的不幸错误地赋予其以人形，而一个精神错乱的帽商在定音鼓上就加了一个类似吉他的东西，只是看上去是把弦编了起来，做成了腰带。突然间，在胆大妄为的乘客和默认的女乘客[43]的小调和弦以及贪婪的售票员发出的颤音中，出现了一个不和谐的乐音，混杂着大号的狂怒，小号的怨怼以及巴松管的怯懦。

　　接着是一声叹息，沉寂，全休止符，双重全休止符，此后突然间高奏起一颗正往高八度去的纽扣的凯旋旋律。

59

电报体

满车停 长颈、绳辫帽小伙与一陌生乘客冲突 责后者车停时故意踩其脚 因小伙占空位论停 十四点 罗马庭院 小伙听取同伴移扣之衣着建议 (署名：大角星[44])

60

赋

公共汽车上

车车里

S 路上

车车里

在大街间穿梭

在迷宫中幽闭

上路

跳起

近了蒙索

近了蒙西

一天的炎热

一天的暑意

一个长脖子的

长大的小淘气

他戴着帽帽

他戴着帽咪

公共汽车上

车车里

帽子上

帽咪里

有根绳子

有绳兮

公共汽车上

车车里

在那儿

在那里

挤着了

挤着呢

长脖子的

长大的小淘气

他嘶嘶喘着

他嘶嘶撒气

他说别人错了

他说别人故意

公共汽车上

车车里

但是这错误

但是这故意

可不太合适

可不太讲道理

他露出牙齿

秀了武力

公共汽车上

车车里

长脖子的

长大的小淘气

将他的屁股

他的屁屁

S 路上

车车里

放在凳子上

为了那些傻东西

放在凳子上

为了那些傻东西

而我这个诗人

挂着活泼的小绒旗

过了一会儿

过了一小块地

在圣拉萨尔

在圣拉萨蒂

那是个火车站

为了那些好东西

又见长脖子的

小淘气

还有他的外套

他说对不起

对一个同伴

对一个同比

那是为了一颗扣子

为了一颗扣粒

近公共汽车

近车车里

如果这个故事

这个故西

你觉得有趣

你觉得有气

别停下来

别停机

有一天

在某地

在 S 路上

在车车里

你看见

圆睁双眼特好奇

长脖子的

长大的小淘气

还有他的帽帽

他的帽咪

在公共汽车上

在车车里

S 路上

车车里

61

字母交叉对调

时中天一分午，车 S 后路公上车的汽平在共台，年一意子轻我注到有男，上子绳脖帽有一长子。责的突他斥旁说边乘然客，下当乘候客上的有时每，故他踩故的脚意故。空来有空位后子出之个，下冲坐去他了来过。

以时个小后几，拉萨站圣尔火在前车，伴看和一他个同在我一见起，衣把上子伴颗点和外最面的同一他扣往上一。①

---

① 即：一天中午时分，在 S 路公共汽车的车后平台上，我注意到有一年轻男子，长脖子，帽子上有一绳辫。突然，他斥责旁边的乘客说，每当有乘客上下的时候，他故意踩他的脚。有个空位子空出来之后，他冲过去坐了下来。

　　几个小时以后，在圣拉萨尔火车站前，我看见他和一个同伴在一起，同伴和他说把外衣最上面的一颗扣子往上钉一点。

62

词语交叉对换

时分中午一天，公共汽车平台S路的车后上在，男子有注意到一我年轻，有一帽子长脖子绳辫上。乘客斥责说旁边他的突然，有上下时候乘客的每当，他脚的踩故意他。有个坐了之后冲过去空位子他下来空出来。

以后小时几个，拉萨尔在圣前火车站，和看见同伴他在一个一起我，扣子和他说上面把同伴外衣钉的一点一颗往上最。

63

希腊词源 ①

　　于载满石油动能旅行者之超公共汽车间，余为此元高峰期微缩景观之殉道者：一二十余岁之次人类头顶古希腊风阔边浅圆帽，环以绳辫，其桅柱中央咒骂频出，甚为夸张，目标为一不具名之过客，谓之故踏其双足，然观之有余位，遂奔而坐。

　　稍后，余见其位于车站雕塑前，与一伴叙谈小脐元运动之事。

---

① 该文中很多词为作者按照希腊语词根或词缀生造。译者因无法体现，只能通过文中原有的希腊文化意象与个别尾注（原注）保留其中的希腊文化意味。

64

集合论

我们可将 S 路公共汽车上坐着的乘客视作集合 A，站着的乘客视作集合 D。某站点等车的人群为集合 P。上车的乘客为集合 C；集合 C 为集合 P 的一个子集，同时为站立在车后平台上的乘客子集 C′ 与即将坐下的乘客子集 C″ 之和。求证子集 C″ 为空集。

集合 Z 为战后迷恋爵士乐的法国青年之集合，{z} 为集合 Z 与集合 C′ 的交集，交集中只有一个因子。由于 z 因子借助脚作用于 y 因子（集合 C′ 中有别于 z 的一个因子）的上射变换，于是产生了 z 因子发出的话语集合，为集合 M。集合 C″ 此时不再为空集，由单因子 z 构成。

现在我们将圣拉萨尔火车站前的行人集合视作集合 P，{z}，{z′} 为集合 Z 和集合 P 的交集，集合 B 为 z 因子外套上的纽扣之集合，B′ 为在 {z′} 看来，上述纽扣可能运动之集合，求证集合 B 在集合 B′ 中的内射变换并非一一对应。

65

定 义

在一巨大的自动城市公共交通工具上，标识为字母表上第19个字母，有一怪僻青年男子，其绰号于1942年在巴黎获得，他身体连接脑与肩的部分所延伸的距离颇长，身体顶端的帽子形状可变，帽子上为一圈交织成辫状的厚带子——这个怪僻的年轻男子指责从一地移至另一地的某个个体犯了移动双脚置于自己双脚之上的错误，此后他为能坐下而上路，该坐具不再空着。

120秒钟之后，在大楼以及货品和旅客上下的铁道所构成的集合前，我又再次见到了他。另一个怪僻的，也在1942年于巴黎获得绰号的青年男子给他提了些建议，其建议关于一圆形物，材质为金属、骨质、木质等，上或覆有布料，作用在于系住衣物，而在当时的情况下，该圆形物位于一男性的、穿在其他衣物外面的衣服上。

66
短　歌[45]

公共汽车至

戴帽爵士青年上

发生了碰撞

稍后圣拉萨尔前

一颗纽扣的问题

67

自由体诗歌

公共汽车

满的

心

空的

脖子

长的

带子

编织的

脚

平的

平的，踩扁的

位子

空的

亮起两千盏灯的火车站，出乎意料的相遇

相遇：心，脖子，带子，脚和空位，

还有纽扣。

68

平 移[46]

在 Y 路公共汽车上，在一喂养饲料的六边体中。一场
三十二棵腰果树的台风，种着金鸡菊的简朴的帽店代替了红色
电气石，长长的小床，感觉像是有人从上面拉着似的。善意降
落。募捐的台风冲车夫发起火来。他指责车夫，每次有人过的
时候，车夫都撞到他，这个哭哭啼啼的剪毛人偏要摆出一副凶
恶的样子。因为看到一个小广场，他冲过去坐了下来。

离八个六边体远的地方，我在龙克镇的曲线里看到了他，
在圣第齐埃的排水管前。他和一个制鞋的弯皮工在一起，弯皮
工对他说："你应该给你的减震器加颗揿扣。"他为他指出了地
方（样本上），并且告诉他为什么。

69

字母避用 ①

如下。

到站后，公共汽车停下。Y 指着一长脖爵士青年，其脑壳上围一圈软带。他指责某人脚外翻，说他脚趾、鸡眼和老茧同时走了样；接着他冲上一加座，那上面正好没有人。

过了一会，面对着圣某某或圣东东车站，一同伴对他说："你披风上有颗纽扣钉太高了。"

如上。

---

① 在此文中，作者避免了所有带有"e"字母的词，后来佩雷克（Perec）曾经写过一部《消失的 e》，也是依循同样的游戏规则。因汉语非字母文字，翻译此文时，译者试着取消避开所有"的"字。

70

英语外来词

一"代"，大约"中代"十分，我"泰克"巴士，"兮"见一个年轻的"曼"，"格里特"的"内克"，戴一顶上面饰有绳状"蕾丝"的"海特"。突然，这个年轻的"曼""比肯姆""克瑞奇"，控诉一个令人尊敬的"瑟儿"，说他"踹得"他的"殊兹"。接着他冲向一个无人的"撒挨特"。

一个"奥俄"以后，我再次"兮"见他；他在圣拉萨尔"斯忒雄"前"窝克"。一个花花公子 47 "给付"他关于"巴腾"的"额的瓦斯"。

71

词首增音

　　嗯呐有天，嗯呐差不多中午，嗯呐在嗯呐公共汽车的嗯呐平台上，嗯呐离嗯呐蒙索公园不嗯呐远的地方，嗯呐我嗯呐发现嗯呐一个嗯呐年轻人，嗯呐长个嗯呐长脖子，嗯呐还嗯呐戴着个嗯呐帽子，嗯呐帽子上不是围嗯呐一圈嗯呐缎带，倒是嗯呐围圈嗯呐绳子。嗯呐突然，嗯呐他骂起嗯呐旁边的嗯呐邻居来，嗯呐说嗯呐只要有人嗯呐上下车，他嗯呐故意嗯呐踩他的嗯呐脚。嗯呐他很快就嗯呐放弃了争吵，嗯呐因为他他妈的冲向嗯呐一个嗯呐空位子。

　　嗯呐过了嗯呐几个小时，嗯呐我在嗯呐圣拉萨尔火车站前嗯呐又看见了他，嗯呐他正和嗯呐一个同伙在嗯呐说话，嗯呐同伙嗯呐跟他提了嗯呐一点建议，嗯呐是关于嗯呐他嗯呐外套上的一颗颗颗……颗颗颗扣子。

72

词中插音

　　有嗯一嗯天，接嗯近中嗯午，在一嗯辆S公共嗯汽嗯车的车后嗯平台上，我看嗯见一嗯个年嗯轻男嗯子，长嗯脖子，帽嗯子上不嗯是围嗯着一嗯圈缎嗯带，而嗯是一嗯圈绳嗯辫。突嗯然，他冲旁嗯边的一嗯位乘嗯客嚷嚷起嗯来，说有其嗯他乘嗯客上嗯下，他故嗯意踩他的脚。可嗯是他很嗯块就放嗯弃了争嗯吵，冲嗯向一嗯个空位嗯子。

　　几嗯个小嗯时以嗯后，我在圣嗯拉嗯萨尔火嗯车嗯站前又看嗯见了他，他和一嗯个同嗯伴在一嗯起，同嗯伴建嗯议他把他外嗯套套套套套……最上嗯面的一嗯颗纽嗯扣钉上嗯去一嗯点。

73

词末增音[48]

一天啦，中午啦，在公共汽车啦的车后平台上啦，我啦看见啦一个年轻啦的男子啦，脖子好长啦，帽子上啦不是围着啦一圈缎带啦，而是啦一圈绳子啦。突然啦，他啦冲旁边啦的一个乘客啦嚷嚷起来啦，说啦他啦乘啦别的啦乘客啦上下啦的时候啦故意啦踩他的脚啦。可他啦却很快啦就放弃啦争吵啦，因为啦冲向啦一个空位子啦。

几个小时啦以后啦，我啦又在圣拉萨尔啦火车站啦看见他啦，他啦和一个同伴啦在一起啦，同伴啦说啦，可以把他的外套最上面啦的一颗啦纽扣啦再往上钉一点啦啦啦啦啦啦啦啦。

74

不同词类

　　冠词：le（定冠词阳性），la（定冠词阴性），les（定冠词复数），une（不定冠词，阴性），des（不定冠词复数），du（复合，de+ 阳性定冠词），au（复合，伽 + 阳性定冠词）。

　　名词：jour（天），midi（中午），plate-forme（平台），autobus（公共汽车），ligne S（S 路），一侧（côté），公园（parc），蒙索（Monceau），homme（男子），cou（脖子），chapeau（帽子），galon（绳子），lieu（地方），ruban（缎带），voisin（邻者），pied（脚），fois（次），voyageur（乘客），discussion（争吵），place（位子），heure（小时），gare（火车），saint（圣人），Lazare（拉萨尔），conversation（对话），camarade（同伴），échancrure（领口），pardessus（外套），tailleur（裁缝），bouton（纽扣）。

　　形容词：arrière（车后的），complet（满的），entouré（围着的），grand（长的），libre（空的），long（长的），tressé（编成辫子的）。

　　动词：apercevoir（瞧见），porter（穿），interpeller（斥骂），prétendre（说），faire（做），marcher（踏），monter（上），descendre（下），abandonner（放弃），jeter（冲），revoir（再次看见），dire（说），diminuer（减少），faire（使……做）remonter（提高）。

代词：je（主语人称代词，我），il（主语人称代词，他），se（自反人称代词，他），le（直接宾语人称代词，他），lui（间接宾语人称代词，他），son（主有人称代词，他的），qui（关系人称代词，代从句主语），celui-ci（指示人称代词，这个人），que（关系人称代词，代从句谓语），chaque（泛指代词，每），tout（泛指代词，任何），quelque（泛指代词，某个）。

副词：peu（一点），près（靠近），fort（很），exprès（故意地），ailleurs（况且），rapidement（快速地），plus（更），tard（迟）。

介词：vers（大约），sur（在……上），de（的），en（通过……的方式），devant（在……之前），avec（和……一起），par（通过），伽（冲……）par（通过），伽（冲……）。

连词：que（引导直接宾语从句），ou（或者）。

75

元音换位

烟替（一天），将近朱翁（中午），在一辆刚杠切次（公共汽车）的抽和排停（车后平台）上，我至于（注意）到一个妮仔（男子），绰邦（长脖），密早（帽子）上有一仙蹦（绳辫）。弹如（突然），拖沙（他说）仙本（身边）的车坑（乘客）基于（故意）擦（踩）他的解（脚）。但是为了边米（避免）照成（争吵），他唱凶（冲向）一个凯翁（空位）。

勒刚（两个）轴通（钟头）由以（以后），我耶奏（又在）香拉萨尔（圣拉萨尔）和绰（火车）站前监看（看见）到他和奔耶（别人）在也基儿（一块儿），能让（那人）给了他谷元（关于）耶基（一颗）基奏（扣子）的记燕（建议）。

76

前面后面

　　一天前面，中午时分后面，在一辆后面挤满了人的公共汽车前面车后后面平台前面，我看见前面有个男子后面，前面长着个长脖子后面，帽子前面围着一圈绳辫后面，而不是缎带前面。突然，他开始后面斥骂前面乘客后面，说他前面，每次前面后面有人上下时故意踩他的脚前面。接着他冲到后面坐下前面，因为后面一个位子前面空了出来。

　　稍晚一点后面我又看见他在圣拉萨尔火车站前面，后面和一个朋友在一起，前面朋友后面给了他优雅穿着的建议。

77

专有名词

在满座的雷翁号的约瑟芬平台[49]上，有一天，我注意
到了泰奥杜勒，长着查尔斯式[50]的长脖子，戴着一顶吉布
斯[51]，上面围着一圈特里索旦[52]，而不是鲁本斯[53]①。突然，泰
奥杜勒冲着泰奥多斯吼了起来，说每次有保尔戴维亚[54]②人上下
的时候，踩了劳莱与哈台③。但泰奥杜勒放弃了厄里斯[55]，冲向
拉普拉斯[56]。

两个惠更斯[57]之后，我又在圣拉萨尔火车站前看见了泰奥
杜勒，正与布鲁梅尔[58]在一起进行西塞罗[59]式的高谈阔论，那
个人建议他回到奥洛森定制店，将小于勒往上提三公分。

---

① 特里索旦（Trissotin）、鲁本斯（Rubens）因与"绳辫""缎带"音似，作者故意
使用这两个专有名词。

② 1929 年，法国左派议员收到一封求援信，希望他们能够前去拯救一个所谓的保
尔戴维亚国被压迫的人民。信上说保尔戴维亚国的首都叫谢尔什拉，信末署名
为 Lineczi Stantoff 与 Lamidaëff，改名字可以被解读为"不存在的"（l'inexistant）
与"法兰西行动的朋友"（L'ami d'A.F.）（"法兰西行动"是当时夏尔·莫拉斯领
导的一个极右翼组织）。该事件的策划者是阿兰·麦莱，记者，"法兰西行动"
组织的成员，旨在嘲笑法国左派议员。

③ 劳莱与哈台是美国长期搭档合作的两位喜剧演员，出演了一百多部
影片。

78

屠夫行话[60]

一勒（日），快淌（晌）午啦，在一辆大爬虫的后屁股上，我瞅着一个家伙，老长的脖套，帽子上不是烙（绕）圈带子，竟然烙（绕）圈绳子！突兰（然），他冲旁边的一个家伙吼，说他踩了他的爪子。但他也没挺下去，着急忙慌地去搞了个空位子。

过了会儿，我又在森拉塞（圣拉萨尔）棺材盒前面瞅见这家伙，他和另一个穿得板板正正的家伙在一起，那个家伙给他了些关于扣子的屁主意。

79

爪哇语[61]

一二天哪，快么中唧个午，啦个艾斯路车上，呢睬及一个小连鲸，长拉姑堂堂的脖箍子，帽头唧匝着根绳细子，不像伦家搞个带细子。突老子的个人冲旁唧边呛呛起来，杠伦家栽他。格老子唧个一下就散了，通到一唧个空当子。

两三那个钟斗后，呢漏在塞旺拉哇爪弗册站睬及格老子，格老子和个棒棒杠得起劲，棒棒对格老子嚷，外面唧个被服开口忒底，阔以寻唧个人把最高唧个扣顶桑一点嗨。

80

反 义

午夜。雨。公共汽车上几乎没有人。在一辆沿着巴士底狱这一边行进的 AI 公共汽车的引擎盖上，一个脖子缩在肩膀里，没戴帽子的老人，对离他很远的一位夫人表示感谢，因为她温柔地抚摸他的手。接着，他站在一位一直坐着的先生的膝头。

两个小时以前，在里昂火车站后面，这个老人堵住耳朵，拒绝听一个流浪汉说话，那个流浪汉拒绝提出将他短裤最下面一颗扣子再钉低一格的建议。

81

伪拉丁语

　　炙阳临空。议会及人民会 [62] 共享之巴黎人汗下。车过，人满。于 S 车之后台上有一男子，尚在年少，长颈，帽饰以绳。少年男子辱邻客，谓其趁过客之机踏其足。因见一位空，遂奔之。

　　未时。年少男子现于圣拉萨齐驿前，另一同类男子 [63] 伴之，授之以着衣雅致之方，着高其外衣之扣。

82

同音异义

异恬尽舞，在工贡气扯（哀思？）德扯候瓶抬尚，窝砍件异格粘轻难紫（哇，常钵紫！），猫梓尚维勒泉圣。凸燃，难紫充神鞭德程科超超启莱，硕（塌硕勒马？）塌雇译彩塌。淡式塌纺起蒸轮，充像异格孔味（咿！嗨！）。

锅乐谢事后，窝友砍件塌，栽或扯占（胜蜡匣！）钱！由格工资个整绑塌啼观鱼寇紫德检疫。

83
伪意大利语体（伪日语体） ①

　　或日、正午時分、巴士後之台上、私何見？ 请当見。見颈長、帽围缠纽若男。彼怒鸣隣人故意踏俺足。然彼見有空席、速走其处座下。

　　経一時間、見彼就自分之外套釦訊于洒落之若人。

84

"英格里希"(外国佬)腔 ①

yī tiān zhōng wǔ, wǒ chéng gōng gòng qì chē qù
xiāngbèiléi mén。qì chē shàng jī hū dōu shì rén。kě wǒ hái
shì shàng le chē, wǒ kàn jiàn yī gè nán de, cháng bó zi,
mào zi shàng rào zhe quān shéng zi。zhè gè nán de hé rén
qǐ le zhēng zhí, jiē zhē tā jiù zǒu kāi zuò xià le。

wǎn yī diǎn, wǒ zài shèng lāsàer huǒ chē zhàn qián
yòu kàn jiàn le tā, tā hé yí gè gōng zǐ gē zài yī qǐ, gōng
zǐ gē jiàn yì tā bǎ wài tào kòu zǐ wǎng shàng dìng yī diǎn。②

伊香踪鸣，窝绳宫格艾斯宫格基蛇居香格倍莱闷。基蛇桑
日于度斯杭。格窝艾斯桑了蛇，窝干日安伊日囊的，刚格饽子，
猫子桑豪则居安桑子。则日囊的厄杭基勒曾兹，耶则达居组该

---

① 原文的游戏规则在于用英语口音表现法语表述，并因此发生变音。同样，因为
汉语不是字母文字，故稍作改变，用法语口音对译文的拼音进行诵读，并因此
音译。
② 一天中午，我乘公共汽车去香贝雷门。汽车上几乎都是人。可我还是上了车，
我看见一个男的，长脖子，帽子上绕着圈绳子。这个男的和人起了争执，接着
他就走开坐下了。
　　晚一点，我在圣拉萨尔火车站前又看见了他，他和一个公子哥在一起，公
子哥建议他把外套扣子往上钉一点。

做柯下勒。

　　往伊低昂，窝则桑拉杂埃尔窝蛇赞基安于干日安勒达，达厄伊日宫格子日则伊基，宫格子日基安伊达八歪到故兹网格桑但格伊低昂。

85

首辅音对调

一弯（天）近图（午），在一辆穷（公）共机（汽）车破（车）后蝉（平）台上，我男（看）见一个坎（男）子，邦（长）绰（脖），窝（帽）子上梅（围）着一神（根）更（绳）子。居（突）然，这个他（家）伙冲着旁边的任（乘）客唱唱（嚷嚷）起来，说解（踩）了他的草（脚）。

杭（两）个小时楼（后），我又在冷（圣）哈（拉）萨尔硕（火）车站刊（前）钱（看）见了他，他腾（正）在经（听）一个囵（公）子哥给他的干（建）议。

86

植物学

在一棵怒放的向日葵下竖了棵葱后，我插入一个朝着佩雷农庄方向滚动的南瓜。在那里，我发现了一根笋瓜，茎抽得很长，上面的柠檬覆了层包膜，上面还围着一圈藤。这根醋渍小黄瓜①冲旁边一根萝卜发了火，说他侵犯了他的花坛，把洋葱头都踩扁了。但是，椰枣啊！并没有收获毛栗子，他转身将自己栽在了一片不毛之地上。

不久后我在郊区暖房又见到了他。他考虑在花冠的上面搞个鹰嘴豆的插条。

---

① 法语中 cornichon 也有傻瓜之意。

87
医　学

　　经历了一场小小的日光浴以后，我害怕自己被隔离，可最终我还是登上了一辆救护车，上面尽是些卧床不起的病人。我在那里诊断出一个胃病患者，他得了肢体过度发展症，还伴有气管过度拉伸以及让帽子上的带子都变了形的风湿病。这个呆小症患者突然歇斯底里发作，因为一个体质虚弱的人踏上了他的踝骨关节茧 64，接着，泄了火之后，他退到一边，想要治愈自己的痉挛。

　　后来，我又看到了他，在车站检疫站 ① 前惊惶不安。他正在咨询一个江湖郎中，问他，自己该拿让胸部黯然失色的那个疖子怎么办。

---

① 此处检疫站 Lazaret 正好与圣拉萨尔（Saint Lazare）有同音部分。

88

辱 骂

卑劣的阳光下经历了地狱般的等待之后，我终于登上一辆简直非人的公共汽车，一群他妈的傻瓜在上面挤成一团。傻瓜群中最傻的那个长了一脸疱，喉管老长，顶着一顶古怪的帽子，上面竟然绕了一圈绳子，而不是带子。这个自命不凡的家伙嗷嗷叫起来，因为有个老傻瓜踩了他的脚，带着老年痴呆才有的火气；但是他很快泄了气，他溜走冲着一个空位子去了，那位子潮乎乎的，尽是前一个坐的傻瓜屁股上留下的汗。

两个小时以后，运气真够背的，我又看到了同一个傻瓜，正和另一个傻瓜在人们称之为圣拉萨尔火车站那幢可鄙的建筑前高谈阔论。他们喋喋不休地在谈论一颗扣子。我在想，他把那颗疖子钉上一点还是钉下一点，都改变不了什么，这个丑八怪，这个肮脏的傻子。

89
美　食

　　在加了醇厚黄油的太阳的炙烤中等待了很久，我终于登上一辆开心果色的公共汽车，车上人群攒动，仿佛发酵过头的乳酪里的蛆。在这堆面条里，我注意到了一长条炸酥条，脖子长得简直让人想起没有面包的日子[①]，脑袋上顶着一个大饼，上面围着一圈用来切割黄油的绳子。这头小牛沸腾了，因为有一种乡巴佬糖果（就是用来做朗姆酒奶油蛋糕的那种）给他的猪脚汤加了调料。但是他很快中止了肥得流油的聊天，转而流入一个空出来的模具里。

　　我正在返程的公共汽车上消化，可在圣拉萨尔火车站的餐厅前，我又看到了这个傻瓜[②]，他和一个顽固的面包头在一起，面包头给了他些建议，是关于他该如何竖起蛋奶馅小饼的方式。水果馅饼听了后如同小丑巧克力表演一般失望[③]。

---

①　法国人用"日子长得如同没有面包一般"来形容日子难过，度日如年，这里移用了这个比喻。

②　作者这里用了"tarte"一词为形容词，用来替代傻子。正好汉语傻瓜亦与食物相关，故在译文中保留了傻瓜一词。

③　这是19世纪末开始被法语接受的一个成语，Être chocolat，意为失望，源于当时一个叫巧克力的小丑的表演剧目。

90

动物学

　　狮子饮水 65 的时刻，在一个把我们带往香贝雷广场的大鸟笼里，我注意到一头斑马，长着鸵鸟的脖子，头顶一头小海狸，海狸上围着一条千足虫。突然，长颈鹿发火了，借口说旁边的小动物踩了他的蹄子。但是，因为害怕自己也被喷一身虱子①，他奔向一头被弃的猎犬。

　　晚些时候，在巴黎游乐园②前，我看见这只小雏鸡儿正和一只小傻鸟 66 叽叽喳喳，谈的是羽毛的事情。

---

① Se faire secouer les puces，意为遭到斥骂。
② Le jardin d'acclimation：法国最早的主题游乐园，也是巴黎主要的旅游景点之一，acclimation 本身有驯化的意思，故作者用于"动物学"。

91

言不能及

如何描述这种感觉呢？有一天，中午前后，在一辆沿着里斯本街行驶的公共汽车的车后平台上，十具身体挤作一团的这种感觉？如何描述这种感觉呢？当你看见一个人，脖子超乎寻常得长，帽子上——天知道为什么——不是围着一圈缎带，而是一条绳子？如何描述这种感觉呢？在一个平静的乘客和前面描述过的那个人，那个古怪的某人之间发生的争执，因为平静的乘客遭到不公平的指责，说他故意踩了那个怪人的脚？如何解释这种感觉呢？那个怪人竟然跑掉了，故意用占位这种虚弱的借口掩饰自己的怯懦？

最后，如何表述这种感觉呢？两小时后，这个人竟然在圣拉萨尔火车站前再次出现，旁边还有一位衣着雅致的朋友，为他提出改进衣服的建议？如何表述呢？

92

现代风格

有一天，中午时分，在一辆迷你巴士上，我亲身经历了以下的一出小悲喜剧。一个喜欢讨好女人的年轻男子，很可悲的长了个长脖子，而且，尤为奇怪的是，他的圆顶礼帽上围着一圈细细的小绳子（时下很受欢迎的式样，但是我很排斥），突然，他说自己被挤得不轻，于是责骂起身边的乘客来，尽管他显得很傲慢，但还是掩饰不了也许很怯懦的性格，他指责这个乘客，每每有往香贝雷门方向去的夫人或先生上下时，他就系统性地踩踏他的漆光皮鞋。但是这个装腔作势的年轻人还没等对方有可能将他带到决斗场[67]的回应，于是他赶紧爬上有个空座位的皇家平台，因为我们交通工具的上一个占座者之一的脚已经踏在佩雷尔广场人行道那软沓沓的沥青上。

两个小时后，由于我本人正位于这皇家平台上，我发现我才和大家提到的这个毛头小伙子似乎正在兴致勃勃地品味一个衣着优雅的年轻人的话，这个年轻人给了他一些超时髦[68]的建议，教他如何能使他的齐腰短上衣[69]穿出上流社会[70]的品位。

93

概　率[71]

　　一个大城市的居民之间接触甚多，于是我们也就不会太奇怪他们之间有时会产生轻微的碰擦。对于这一类的彼此之间不太客气的接触，近来我就亲眼见到过一回，发生在大巴黎地区高峰时期用于公共交通的车辆上。而我作为观众目睹这一幕也没什么奇怪的，因为我经常用这种方式出行。这一天，这个偶发事件本身微不足道，但是我的注意力尤其为这一幕小场景中主角之一的外表和发型所吸引。这是个还算年轻的男子，但是他的脖子应该要超出脖子的平均长度，而帽子上的缎带也为绳子所替代。非常令人奇怪的是，我两个小时后又见到了他，他正听从关于其衣着的建议，而给他建议的是一个正和他一起漫步——我觉得颇有些漫不经心——的同伴。

　　而我能够第三次见到他的可能性非常小，事实的确如此，自这一天之后，我再也没有能够见到这个年轻男子，与可能性的合理规律正吻合。

94

肖　像

　　此类人是中午时分乘坐 S 路公共汽车的两足动物，长颈。他尤其青睐车后平台，此时就站立于其上，头上有一帽顶，帽顶围之以一手指粗细突起物，似绳类。因其性情悲观，他更愿意向比他弱小的发起攻击，但是他遭遇到较为灵活的反击，于是他逃往车辆内部，努力让自己忘记刚才所发生的一切。

　　在其蜕皮时期，人们也能在——但是这类情况更为罕见——圣拉萨尔火车站周围看见他。为了抵御寒冬，他仍然还保留着原来的皮毛，但是因为要把身体塞进去，通常这皮毛都会发生破损；这一类外套应该通过人工手段在更高的地方将其锁闭。此类人自身无法发现该状况，于是他需要寻求另一类，邻近的两足动物的帮助，后者会帮助他完成此类练习。

　　此类人谱学是理论动物学和推理动物学的一章，四季均适宜对其进行研习。

95

几何学

一长方形平行六面体沿着等式为 $84x + S = Y$ 的直线移动，类人 A 居于其中，其上有一球冠，绕之以两正弦曲线，圆柱面的长度为 $l > n$，其与另一非特殊性的类人 B 有切点。求证该切点为尖点。

如果类人 A 与类人 C 相遇，其切点为半径 $r < l$。求该切点相对于类人 A 之纵轴的高度 h。

96

乡巴佬

俺也没有那种上面有数字的纸片片，可俺还是爬上了拖拉机。爬上叠个他们城里人叫汽车的拖拉机的后屁股，俺真是挤死了，脑袋都昏了，啥也不知道咧[72]。等俺好不容易扎住了脚，我瞅了瞅周围，猜俺看到了啥？俺看到了一个傻大个儿，他的脖子可不是一般人的脖子。很长很长。还有帽子，上面围着根辫子，就是那种女人的辫子。后来，突然，他好像是发火了？他冲着一个可怜的先生，话说得很难听，可他后来就去坐下了，那个傻大个。

哎，大城市里经常发生这些事情的。你们能想到吗，俺们竟然又见了，那个傻大个。两个小时还不到，在一个楼前，那个楼就像是邦特吕什[73]主教的宫殿，别人都喜欢那么叫自己的城市，就是用绰号。那个傻大个就在那里，和一个和他差不多的闲人来回地走，那个和他差不多的闲人都跟他说了些什么？他说，那个和他差不多的闲人："你该把则颗扣子钉上一点，则样更帅。"这就是他对那个傻大个儿说的，那个和傻大个差不多的闲人。

97

感叹词

噗哧！哦！啊！噢！呜嗯！啊！呜夫！哎！瞧！噢！噗夫！噗啊！哈哈！嗨！哎！嗯哪！唉！吓！

瞧！哎！噗夫！哦！唉！好！

98

故作风雅体

差不多是七月的一个中午吧。骄阳似火，炙烤着母亲般的大地。柏油路面噼噼啪啪地慢慢融化，微微散发出那种沥青的味道，让癌症病人不禁想起他们既纯粹又具侵蚀性的病灶。一辆带有蓝绿色标识和谜一般的S徽章的公共汽车沿着蒙索公园那一边款款而来，张开臂膀迎接那一小簇因为汗水而模糊了轮廓的等候乘客。在能够代表法国当代工业的这一杰作的车后平台上，摆渡人如同装在咸鱼桶的鲱鱼一般挤作一团，其中有个看来已经小步迈进三十岁的小淘气，在其蛇般的长颈与饰有编织细绳的帽子间，是一个面如铅色[74]的脑袋，他突然抬高了声音，带着一种并非伪装出来的，仿佛喝了一杯龙胆水或别的相近饮料[75]后的苦涩，他抱怨说，一位同是巴黎地区公共交通公司的顾客，当场并当下[76]重复性地撞击他。为了强调他的抱怨，他采用了那种仿佛一个正在男子公共便池解手的老年的主教代理人，夹紧了屁股发出的声音，尤其是，他并不赞同所谓的礼貌，将礼貌视作一种不太道德的虚伪。但是，看到一个空位子以后，他就冲了过去。

晚一些，太阳那神圣的检阅已经低了好几级台阶，而我再一次坐上了同一条线路的另一辆公共汽车，我于是注意到上面写到过的这个人正在罗马庭院，用一种逍遥派的方式在移动，陪伴他的人和他差不多同一类型 ①，在这个可供汽车通行的广场上，为他提供优雅衣着的建议，而所谓的优雅，并不比一颗纽扣的问题走得更远。

---

① 此处作者故意使用了拉丁语 ejusdem farinoe，即为"同类"。

99

意　外

　　阿尔贝到达的时候，伙伴们正围坐在咖啡馆的一张桌子旁。他们当中有勒内，罗伯特，阿道尔夫，乔治，泰奥多尔。

　　"怎么样，好吗？"罗伯特友好地问道。

　　"还行。"阿尔贝说。

　　他叫来服务生。

　　"给我一杯皮肯开胃酒①。"他说。

　　阿道尔夫转向他：

　　"阿尔贝，有什么新闻吗？"

　　"没什么。"

　　"天气不错。"罗伯特说。

　　"就是有点冷。"阿道尔夫说。

　　"对了，我今天看到点有趣的事。"阿尔贝说。

　　"可天还是挺热的。"罗伯特说。

　　"什么事？"勒内问道。

　　"是在去吃午饭的公共汽车上。"阿尔贝回答。

　　"什么车？"

----

① Picon，一种略带苦味的开胃酒，源于"piquer"，即刺激。

"S 路。"

"你看到什么啦?"罗伯特问。

"我等了三辆车才挤上去的。"

"这个时候并不奇怪。"阿道尔夫说。

"那你看到什么了?"勒内问。

"大家挤作一团。"阿尔贝说。

"对收紧屁股来说可是个好机会。"

"噢,可不是说这个。"

"那快说呀。"

"我身边有个奇怪的人。"

"怎么?"勒内问。

"个子挺高,很瘦,脖子很特别。"

"怎么?"勒内问。

"就像有人从上面牵着似的。"

"过分牵引。"乔治说。

"还有他的帽子,我想起来了:一顶很滑稽的帽子。"

"怎么?"勒内问。

"帽子上不是缎带,而是一圈绳子。"

"真奇怪。"罗伯特说。

"另外,"阿尔贝继续说道,"这是个很喜欢发牢骚的家伙。"

"为什么这样说呢?"勒内说。

"他骂他旁边的乘客。"

"为什么会这样呢?"勒内说。

"他说人家踩他的脚!"

“故意的?”罗伯特问。

“故意的。”阿尔贝说。

“然后呢?”

“然后? 他走开坐下了，很简单。”

“就这么完了?”勒内问。

“不。最奇怪的是我两小时后又看见他了。”

“在哪儿?”勒内问。

“圣拉萨尔火车站前面。”

“他在那里干什么?”

“我也不知道，”阿尔贝说，“他和一个伙伴在散步，那个伙伴指出他外套的扣子钉得下了点儿。”

“的确，这是我给他的建议。”泰奥多尔说。

卷 宗
让-皮埃尔·勒纳尔

一、背景

大事记 / 文本的生成

《风格练习》出版于 1947 年，是格诺写作生涯的重要转折
标志：这位在 30 年代还默默无闻的作家从此声名渐隆，并且很
快得到演艺界的青睐。

综观格诺该部作品，可谓形式多样，充满了幽默与智慧，
无法归类，而它也反映了作者在写作道路上的个人摸索，在此，
我们认为有必要列举其中的重要阶段。

1. 大事记

1903：2 月 21 日出生于勒阿弗尔，取名雷蒙·奥古斯
特·格诺："我母亲是个服饰用品商，我父亲也是个服饰用品
商……"（《橡树与狗》）因而《风格练习》里，缎带啦，扣子啦，
都是随处可见的物什。

1913—1918：中学时光。对古埃及、几何、化学以及卓别
林的电影兴趣甚浓。

1940：战争；格诺在 1939 年出版的《严冬》中对勒阿弗尔

视角下的战争有所描述。

1920：获得业士文凭。注册于巴黎大学（索邦大学），哲学专业。家庭搬迁至奥尔日河畔埃皮奈；格诺和他小说中的不少人物一样，经常搭乘郊区的火车。

1921：订阅了《文学》杂志，布勒东两年前创建的超现实主义文学杂志。对数学及普鲁斯特的作品产生了浓厚的兴趣。

1924—1929：经常参加超现实主义小圈子的活动。期间有十八个月在法国轻步兵团服兵役。作品《奥迪尔》影射到了这段时期的生活。

1925：在《超现实主义革命》上发表处女作《述梦》。直至1928 年，格诺还经常在超现实主义的各种期刊与宣言上签名。

1926：获得哲学学士文凭。

1928：经常接触所谓"城堡街"的超现实主义小组：雅克·普雷维尔，画家唐吉，未来著名的"黑色幽默"系列丛书主编杜阿梅尔。7 月 28 日，与安德鲁·布勒东的小姨子雅尼娜·卡恩结婚。开始学习绘画。

1929：与布勒东决裂。发现詹姆斯·乔伊斯的《尤利西斯》。

1932：于希腊长途旅行期间撰写了第一部小说作品《麻烦事》，次年出版。

1934：《石头的嘴脸》。儿子让-玛丽出生。在"超现实主义时期"之后的十年里，格诺一直在找寻自己的道路；他对数学尤其感兴趣，尝试图画文字，上哲学和宗教史的课程，1932 年至 1939 年间还尝试了精神分析。

1936：《最后的日子》。从 11 月 23 日开始，在两年的时间里，格诺为报纸《不妥协的人》主持题为"你了解巴黎吗"的专栏。"每天提三个问题，我向义务读者总共提了两千多个问题……"格诺将家迁至诺伊，卡西米尔-皮奈尔街9号；后来格诺终生居住于此。

1937：《橡木与狗》，一部"诗歌体小说"。

1938：格诺进入伽利玛出版社的审稿委员会。

1939：应征入伍，但十一个月后退伍。

1941：成为伽利玛出版社总编辑，被占领期间拒绝为德里厄·拉罗谢尔执掌的《新法兰西杂志》撰写专栏，而拉罗谢尔位列当时为敌人效力的知识分子之首。

1944：《远离厄尔镇》。6月6日：盟军登陆；当时为几家秘密出版物撰文的格诺在九月成为作家协会的领导之一。

1945：巴黎解放之后，格诺成为圣日耳曼-德普雷街区的，巴黎生活的形象代言：在十五年的时间里，他参与各种开幕式，成为各类文学奖项的评委，参加各种讲座，电影评论文章渐渐增多。

1947：《风格练习》；《牧歌》（诗集）。

1948：《圣格兰格兰》（小说）；《致命的瞬间》（诗集）。格诺成为法国数学家协会会员。

1949：格诺水粉画作品展，均为1928年至1948年间创作。四月，《风格练习》被伊夫·罗伯特搬上红玫瑰夜总会的舞台，由雅克兄弟出演。朱丽叶·格雷科演绎的《如果你想一想》（格诺的诗歌，J.柯斯玛谱曲）获得极大成功。

1950：《杠杠，数字和文字》；《小型手提宇宙起源学》

（诗集）。

1951：入选龚古尔奖评委。为 P. 卡斯特的短片《算术》撰写评论。

1952：《生命的星期天》（小说）；格诺成为戛纳电影节的评委。

1953：为勒内·克雷芒执导的《李普瓦先生》撰写台词。

1954：格诺受邀成为伽利玛出版社"七星文库百科全书"的主编，出席雅克兄弟《风格练习》唱片发行招待会。

1955：为勒内·克雷芒执导的《热尔维丝》写电影歌词，为路易·布鲁奈尔的《花园里的死亡》撰写台词。

1958：《十四行诗》与《拿着曼陀林的狗》（诗集）。

1959：《地铁姑娘扎姬》，于十二月改编成戏剧，次年路易·马勒执导的同名电影面世。

1960：与 F. 勒里奥奈共同创建"乌力波"（潜在文学工场）。

1961：《百万亿首诗》。将《远离厄尔镇》改编为音乐剧，于国家人民剧院上演。

1965：《蓝花》（小说）。

1967：《在街头奔跑》（诗集）为 B. 勒穆瓦讷的短片《时态》撰写评论，该短片被看作对《风格练习》的戏谑模仿（同一个情节，多个电影版本）。

1968：《伊卡洛斯的飞行》（小说）；《周游乡间》（诗集）。4 月 29 日，格诺一篇题为《数字理论——关于 S 加项序列》的论文在科学院宣读。

1969：《劈波斩浪》（诗集）。

1972：妻子雅尼娜于 7 月 18 日去世。

1973：《潜在文学》，"乌力波"集体作品。《希腊之行》（文章）。

1975：《基本道德》（诗歌）。

1976：10 月 25 日，格诺卒。

2. 作品生成

20 世纪 30 年代，格诺和他的朋友，诗人米歇尔·雷里斯在普雷耶尔演奏厅听了巴赫《赋格的艺术》。"走出演奏厅，我们俩说，也许在文学的层面上做类似的事情会很有趣"，也就是说"用变奏的方式，围绕同一个单薄的主题衍生出几近无穷的变化，如此来写一部作品"。

这个关于"变奏"的计划直到 1942 年 5 月才付诸实施；格诺那时写了十二篇的系列"练习"，起名为《十二面体》。其他"练习"完成于 1942 年 8 月至 1944 年 7 月间，在 1945 年，他又写了十八篇。这就是本书目录中除了后来插入的《叙事》之外的前 47 篇，均在战争的四年中完成，刊登在当时抵抗组织领导下的各种杂志上。"其余剩下的"，（也就是说 52 篇！）"都是 1946 年夏天处理完的"，格诺说。

为什么是 99 篇呢？就这个问题，格诺在 1953 年给出了回答："原计划练习的篇数要多得多。但是因为懒惰停下了，我不想让读者感到厌烦。"

［可查阅比较格诺后来推荐的 122 种"可能的风格练习"，

附有"33 种卡尔曼作的绘画、雕塑形式练习以及 99 种马辛作（Massin）印刷形式风格练习"，伽利玛出版社，1963]

十年后，他认为："这个数量已经很令人满意，既不多，也不少：也算是希腊理想数字！"

《风格练习》1947 年出版，但我们今天读到的并非完全是这版的内容；1963 年，格诺做了两种类型的**修改**：一方面，格诺取消了 1947 年的 6 篇，代之以另外 6 篇（总数仍然保持在99！）；另一方面，8 篇的标题也有所修改。

1947 年版	1963 年版
取消的篇目	新篇目
2、3 及 4、5 字母对调	集合论
9、10 及 11、12 字母对调	定 义
徘谐	短 歌
愤青	平 移
女性	字母避用
数学	几何学

取消的篇名	新篇名
句末相似音节结尾	同声结尾
过去时	简单过去时
高贵体	造作体
5、6 及 7、8 字母对调	字母交叉对调
1、2 及 3、4 词语对调	词语交叉对换
与事实相反	反义
伪劣拉丁语	伪拉丁语
词音相近	同音异义

我们可以观察到三点：

- 格诺取消了两篇历史环境过于确定的时代论争话题，因为这两篇有可能只有 60 年代的读者能够感同身受：一篇是《女性》，主人公是一个轻浮的、挑逗的女性，另一篇是《愤青》，叙事者是一个脾气古怪的贝当主义者。
- 在三篇字母对调游戏的"练习"中，他只保留了一篇，可能是读起来无甚趣味的原因……
- 最后，新增的三篇体现了格诺的兴趣：他是法国数学协会的荣誉会员，"集体数论家"，而作为乌力波的合作缔造者之一（参见下文），他还设计了"翻译"与"回避若干字母"的风格。

二、主题

四个人物 / 一条贯穿巴黎的路线

格诺曾经在《希腊之旅》中解释说，一部好的作品就像一个洋葱球，"有人只是将表皮剥除，而还有些人——这样的人要少得多——则会层层剥尽"。

公共汽车上的一次口角……圣拉萨尔火车站前的一次相遇……一顶帽子……一颗纽扣……如果这个"简短"的故事只是"表皮"呢？

1. 四个人物

叙事者：

叙事者是公共汽车的一位乘客，来回程都在，每一篇"练习"中的"我"都**不尽相同**：他或啰嗦，或简洁；在论证时或用词准确，或含糊其辞；他的性格和脾气根据不同的社会身份及地域身份千变万化；而他对于年轻男子和他朋友的判断却多少是客观的……

年轻男子：

- 这是"主人公"。他的年轻在某些"练习"中会用具体数字加以强调；在另一些"练习"中有些用词也会影射到他的年轻：小雏鸡儿（Poulet）——公子哥儿（damoiseau）——小白脸儿（éphèbe）——小青年（jouvenceau）——小伙子（garçon）——毛孩子（morveux）——淘气鬼（gamin）。

- 一副不讨人喜欢的样子（什么样的脖子啊!），无论是在智力方面，还是品行方面，显然都无褒扬之意。

- 具有一定的挑衅性，喜欢与人争吵，而且他还一副哭丧着脸的样子（这是怯懦的表象，不少"练习"中也都出现了）。

- 最后，他还是一个在第二次世界大战期间迷恋爵士乐的法国青年（练习65，66，69）；两处表现其衣着的细节能够定义他的性格，作者绝非出于偶然选择了这样的细节。

20世纪30年代，凯比·卡洛威（Cab Calloway），美国"爵士乐"（swing）之王与棉花俱乐部的乐队来到欧洲，他演奏了一首名为"Aaz Zuh Zaz"的乐曲片段，而自1938年，强尼·海斯（Johnny Hess）的一首歌将"爵士乐"与

"zazou"这两个词联系在了一起：

我是爵士乐，哦……我是爵士乐，zazou，zazou，zazou，嗨！

"迷恋爵士乐的法国青年"（zazou）潮在维希政府时代开始流行。这群非常年轻的孩子穿着奇装异服（极其宽大的外套，软帽），出入时髦的咖啡馆和青年家庭舞会派对。自1941年开始，维希政府对该潮流极为反感：他们本想将年轻一代掌握在自己手中，这群迷恋爵士乐的青年却通过游手好闲、奇装异服以及他们对爵士乐的迷恋到处招摇。在1941年至1944年间，当时通敌的报纸杂志对该潮流的攻击越来越猛烈。

当然，没有一个潮流中的青年自认为是抵抗组织的成员！但是这一潮流正是对贝当主义的固执呆板的回击，具有鲜明的象征意义。

某人

第二个人物个性很不鲜明（"某人"），就是……某人而已，他扮演着"普通法国人"的角色；在《偏见》中，他的指责与困惑正是"纳伊的贝当主义资产阶级"面对"迷恋爵士乐的法国青年这一新族群令人惊异的出现"所产生的指责与困惑。

一位朋友

这个人物仅仅在故事的后半部分出现；似乎是年轻男子的一

个熟人，他和年轻男子很是相像，有好几篇练习（练习 27，42，
65，94，95）中都暗示了这一点。但是与"迷恋爵士乐的法国青
年"让人发笑或是让人羡慕的奇装异服不同的是，这位朋友非
常在意自己的外表：是个公子哥；影射 19 世纪初英式的布鲁梅
尔风，另有"随意的优雅"之名，这一点在不少练习中显而易见
（练习 24，41，44，49，54，70，77，85）。

一次偶遇？

格诺视福楼拜为现代小说的先驱，尤其钟情于他的《布瓦
尔和佩库歇》；1942 年，他为这部小说写了第一篇序言；1947
年又写了第二篇序言。正是在这两个年份间，他完成了《风格
练习》。

- 迷恋爵士乐的法国青年与公子哥的相遇在某种程度上与
  福楼拜的小说开始有相似之处（可参考弗里奥版，第 51
  页）。
- 在福楼拜继该小说之后完成的《偏见词典》，我们可以在
  "迷你巴士"这一词条下读到以下解释："迷你巴士上从来
  没有座位。"

两个，一双

四个登场的人物形成了两两组合：年轻男子和某人构成了
一个对照性的组合，迷恋爵士乐的法国青年和公子哥则是"同
类"；两个场景的观察者则将"长脖子的瘦弱男子"视作其"另
一个自我"：在《顿呼》中，他影射的难道不是"双重相遇的自

恋性叙事"吗？

格诺的好几部小说都采用了这样一种两极式的人物关系；因此，在《蓝花》中，奥日公爵和西德罗兰分属两个不同的世纪，但却出现在彼此的梦中。

在这样的人物组合中，真正体现的是作家对于想象世界和真实世界、创造和创造者之间的关系的思考。而在《风格练习》中，插曲式的叙事背后，的确呈现了对立、补充和身份确立的三重关系，只不过进行了99次重复思索，这就仿佛是格诺对于自身的询问：观察者还是演员？如果是演员，是哪一个？

2. 一条巴黎的路线
"穿越城市的漂移"

这是格诺在1923年开始创作的《两性离子》中的一句诗，它似乎告诉我们，雷蒙·格诺是一个**城市居民**，是巴黎的行人；如果说《风格练习》带有时代的印记（1942年，德占时期），它却同时还带有鲜明的城市空间印记，有很高的标识度。

- "我喜欢巴黎。我觉得，这是一个于我的存在而言不可或缺的城市。"格诺写道。他喜欢穿越大街小巷，探索一个又一个街区，观察其中的变化。1936年11月23日到1938年10月26日间，他在《不妥协的人》上开辟了一个专栏"你了解巴黎吗"。每天，他问读者三个问题，答案可以在"小广告"页查询到；格诺总共向读者提供了两千多条信息，用以满足公众的好奇心，内容包括街道的名字、建筑的细节或是某个区域历史上的某一个节点，等等。

• 《风格练习》并没有过多展现城市风景的壮丽，也没有表现作者在这方面的博学多识。或许，用"惠更斯"替代"小时"，这位创作者必须了解巴黎的十四区里，的确有一条街就是用"惠更斯"命名的？但是，总的来说，"大城市"（见练习96）只以若干毫无神秘感可言的地名的形式有所表现，例如"巴士底狱"（练习11），"巴黎游乐园"（练习90），或是在《笨拙》中提到的法国文学的三个圣地（练习50，尾注35）。

专栏主持人的博学只在一篇练习中有较为充分的表现：《幽灵》中，三个带有古老名字的地方让我们能够回想起来，巴黎的八区在18世纪是什么样子！

1778年，后来被称为"平等的菲利普"的奥尔良公爵，找人为他的领地设计了"布莱蒙索"公园，他可以在那里拥有一座犬猎楼；后来在那里还建了些"小建筑"，仿照英国花园的式样：塔，罗马式的庙宇，金字塔……因而一个1942年迷恋爵士乐的法国青年出现在那里与这一带有幻觉意味的国度正相符！另外，蒙索公园的东南面有个皇家苗圃；至于"小波兰"，以此为名的地方可能是16世纪以来有的一家旅店。"在"波兰国王"，我们可以喝上一杯"！后来，波兰国王亨利三世在统治法国前，他的领地就在现在的罗马庭院附近……

S 路

贡特斯卡尔普到香贝雷的线路 1913 年由迷你巴士总公司
（见练习 92 "现代风格"）开发运营，1942 年 5 月 8 日中止，
1945 年 11 月 26 日又更名为 84 路重新启用（《风格练习》中只
有一篇《叙事体》练习提到了这一点）。自 1961 年 11 月以来，
84 路的终点站改为先贤祠广场，位于贡特斯卡尔普前面两站。

- 格诺在其叙述的第一段所提供的指征完全符合 S 路公共
  汽车的**真实路线**：从蒙索公园附近经过（练习 16，60，
  74，98），借道里斯本街（练习 91），沿古塞勒大街（练
  习 23）北上；对于观察者来说，这正是他观察到年轻男
  子并目睹他与"某人"发生口角的时间；在倒数第二站，
  亦即佩雷尔广场站，这一场景结束：迷恋爵士乐的法国青
  年冲向一个空座位（练习 92）。

  但所有这些地名在第二段中都消失了，在第二段中，叙
  事者提到他反方向，沿"左岸"返回，仍然是 S 路车
  （练习 33，44，51）；相反，年轻男子和他的"同伴"之
  间的对话发生在"罗马庭院"（二十多篇练习中都有所
  提及），在"圣拉萨尔火车站前"（一半练习都影射了这
  一点）。

- 于是这里出现了双重的悖论：叙事者置身于正在行进的公
  共汽车内（练习 52，60，89，92），他如何能听到两个雅
  痞之间的对话？故事第一段所顾及的现实主义消失了；的
  确，第二段中也出现了第二个违背现实的地方：S 路从来

没有打圣拉萨尔火车站的罗马庭院前经过！然而，这却是格诺在所有练习中，唯一进行精确描述的地方：面积，建筑，形状（练习13，30，65，86）。格诺似乎赋予该地以一种象征意义，故而将这份**想象的偏离强**加给S路车。

- 火车站，这是一个为城市与世界的其他地方——乡村或外省——起到过渡、转换的地方。而且，圣拉萨尔火车站的布局（"双庭院"，练习30）就是按照两种不同性质的方向设置的："市郊方向入口"（练习13）位于"罗马庭院"，而转向其他重要线路（到诺曼底）的入口则位于……勒阿弗尔庭院！如果我们能够想到，在搬到郊区埃皮奈之前，勒阿弗尔正是格诺度过整个童年的地方，后来格诺居于纳伊，离香贝雷门不远，我们跟着S路走，仿佛是跟着他沿着**自传性的线路**转了一圈。

叙事者也许就是成人之后的格诺，已经成为伽利玛出版社的秘书长，重新乘坐公共汽车抵达他工作的地方（塞巴斯蒂安-波旦街，练习50），他工作的地方离S路的"学士街"站很近，正位于首都的文化和地理意义上的中心。反之，在圣拉萨尔火车站看到的那一对年轻人则代表另一种形象，是作家致力于远离的，那个勒阿弗尔的小孩子，不成熟的少年，镶嵌在郊区的世界里：郊区暖房（练习86），在过去的时代里则是"种了色拉蔬菜的小花园"（练习47），这是乡村的内宾室，在格诺的著作里向来不怎么受待见，对于格诺来说，"只有在城市中，人才可能自我完善"。在《风格练习》中的巴黎，是"软沓沓的沥青""噼噼啪啪地融化"（练习 92，98），是在"花神咖啡馆"（练习 50），我们才能避开"植物"①……

公共汽车使用指南

格诺经常强调他"酷爱公共交通"。地铁，火车，有轨电车，公共汽车的确构成了格诺作品的独特灵感来源，和电影院，集市庆典以及咖啡馆一样（参考练习 99），这些都是无人称的，**民众聚居**的地方，是作家最青睐的观察点。

在《最后的日子》（1936）这部带有自传意味的小说里，格诺说他的主人公，文森特·杜克达纳"对公交线路的改变以及新线路的建立尤其感兴趣"。第二年，在《不妥协的人》的专栏"你了解巴黎吗"中，他充分挑逗起了读者在这方面的好奇心；例如我们可以看看他在 6 月 4 日提出的两三个问题："巴黎的迷你巴士起于什么时期，什么时期消失的？开发的线路都有哪些？"

三十年后，格诺有好几首诗歌都是歌颂城市的，例如《在街头奔跑》（《诗集》，伽利玛，第 27，33，48 页）就证明了格诺对于公共汽车这个小世界的兴趣。

· 格诺将 1942 年的公共汽车信息分布在 99 则练习中。

· 他对公共交通所能造成的偶遇尤其敏感（可参见《故事闲

---

① 法语中，花神咖啡馆"Flore"与植物"flore"是同一个词，不同的只在于，花神咖啡馆随咖啡馆，用阳性冠词，植物则保留阴性冠词。

谈集》中的《塞纳省的对话》，弗里奥丛书，第215页）；

而《风格练习》也的确涉及很多**生动的细节**：挤满人的车

后平台（练习91），各自不同的人群（练习29，46），碰

撞和抗议（练习15，17，27，39），还有气味（练习33，

41，53，54）……

三、形式与语言

书名 / 结构 / 百科全书的激情 / 分类练习 / 您说格诺语吗?

1. 书名

《风格练习》：这一书名是显性的，作者本人在《造作体》

《肖像》也有影射，因而文学活动在作者看来具有双重定义：

- 作家是永远的学徒，他应该不停地练习，建立自己的
  系列……

- 书名中对于故事本身未涉分毫，这本身也是在强调"没有
  所谓美好的，卑微的主题……即便没有任何主题我们也
  有可能有所建构，风格是唯一一种看待事物的绝对方式"
  （福楼拜，1852年1月16日）。

2. 结构

作品以非常简单的方式呈现：表面上没有任何方案，分类，

有的只是长短不一的99篇练习，从四行（《感叹词》）到九十四

行（《赋》）不等。

从《风格练习》的生成过程来看，我们可以猜测，作者或

许是按照其完成的前后顺序来编排的（见前文"作品生成"）。一种单纯按照完成的时间顺序的陈列？但为什么会将《叙事体》这一完成时间较晚的作品放置在前面呢，《叙事体》是就在《主观视角二》之后，位列整部作品的第 16 篇？至于"99"这个数字，这是一种偶然？相反，格诺对于这个数字非常坚持，因为正如我们看到的那样，他取消了第一版的 6 篇，代之以另外的……6 篇。

事实上，自《麻烦事》开篇以来，格诺就从不相信所谓的偶然！作为对超现实主义——布勒东将超现实主义定义为"思想流的听写，不受任何理智的监控"——的反动，他拟定的是"一种有意识的小说技术"。

- 格诺在意的第一桩事情就是**数字**："在我看来，不精心设计章节数是难以忍受的"，谈到自己的前面三部小说作品，他这样说（《杠杠，数字和文字》，第 29 页）。"因此，《麻烦事》由 91 个（7 × 13）部分构成，91 是几个"13"构成的，而它自身的"总和"是 1……"作为一个"计算狂人"（用他自己的语言来形容），格诺认为作用于宇宙的原则就在于数字。

　　那么，为什么是 99 篇"练习"呢？（1956 年，格诺对于"理想图书馆"的建议也恰巧是 99 部。）如果将位于中间的篇目（《笨拙》，第 50 篇）单独放置，我们可以得到：49（7 × 17）+ 1 + 49（7 × 17）。我们可以把这所谓 4 倍的 7 看做是作家的签名。"我的姓氏和我的两个名"，他解释说，"每个都包含了 7 个字母，而且我恰

巧是在一个 21 号出生的（3 × 17）。"而且，读者在读到
《笨拙》里这句谚语的时候也就能够理解："写着写着我
们就成了写手"，也就是说，现在，是读者自己拿起笔，
写第 100 篇"风格练习"的时候了！从这个角度来说，
99 这个数字带有颠覆的意味，整部作品都是作为一种**文
学展示**来呈现的。

1978 年，乔治·佩纳克的《生活指南》为"纪念雷
蒙·格诺而作"，同样包含了 99 章……

- 格诺文学纲领的另一面在于：他非常在意"严格的规律，
  如同十四行诗一般严格"；他本人也明确谈到这一点：
  "我从来不认为，我想要写的小说和诗歌之间有什么本质
  的差别。"（《杠杠，数字和文字》，第 42 页）当然，《风格
  练习》并非小说，尽管《新书宣传插页》这一篇戏谑性地
  将之当作小说介绍，但是我们能够从中体会到格诺小说的
  特点。
  - 首先是环形结构；格诺好几部小说的构成的确都呈**环
    形**：小说的终点又回到了小说的起点，尽管时间流逝，
    人物却并没有发生变化。
  - 重复及固定词句的重复出现："我是建构的信徒……我
    喜欢人物的出场和离场都非常精确。如果我的作品里
    有**重复**，这些重复都是故意安排的。这是我工作的方
    式。"在《地铁姑娘扎姬》出版时，他如是解释道。
  - 最后，格诺将他的诗学建立在对于传统诗歌的音韵游戏

的观察之上：场景和人物一样，也是可以押韵的，就像词语押韵一样，我们甚至同样可以运用头韵重复（《杠杠，数字与文字》）。因此，《公函》与《新书广告插页》在某种程度上可以被视作"押韵"，因为是相似的沟通。这类两极性的游戏，"同一"与"他者"的游戏充斥着《风格练习》。有时序列会更长，会被安排为三行押韵、四行押韵或五行押韵。

押韵有时不只是基于相似的因素，也会基于相反的因素。

3. 百科全书的激情

格诺作品中非常重要的一个特点就是对于知识的追求，在格诺生命的不同时期，这种追求所表现的方式也是多种多样的：旁征博引或是哲思性的，对于科学的欲望（数学，乌力波），对于语言的激情，从1954年开始，格诺开始领导编撰著名的"七星文库百科全书"。

- 《风格练习》中的百科全书式的野心主要体现在对于**语言**的关注上：在这部作品中，作者将具体与抽象、诙谐与严肃、"通俗"与"造作"、古典与新词、书面语与口语结合在一起。这是关于词汇、语调、体裁……总之，是风格的一部（袖珍）百科全书！
- 格诺毕生都有成为**数学家**的志愿；《精确》《集合论》《几何学》这几篇都让我们想到了这一点。在《奥迪尔》（1937）

中，他将自己对于数字的迷恋移植到了主人公身上，而他其他一些作品也都多少展示了这一点，例如《百万亿首诗歌》，这是一个由十首十四行诗组成的集合，其中每一个诗句都能够被单独切分出来，这就可以组成 10^{14} 首诗……要读上两亿年！最为牢固的逻辑，最为放纵的恣意，这就是为什么格诺如此热爱数学的原因。

1963 年版的《风格练习》中出现了《集合论》，这证明了格诺对于集合论的兴趣，自 1933 年以来，一组数学家（以布尔巴基命名的集体）正是基于集合理论的基础之上，试图推动现代数学的发展。自 1940 年开始，这一小组出版了各种分册，附以……为富有远见的专家而特别定制的"练习"。格诺是一个勤奋的读者，而《集合论》和《几何学》中带有命令性质的不定式当然属于同一风格！

4. 分类练习
奇怪的分类！

让我们来看看雷蒙·格诺的作品清单。格诺首先是个诗人（清单中出现了十一部诗集），接着是小说家（十六部小说），再接着是散文作品的作家，最后，他也写过一部回忆录，自然也是自传作家。

这一传统的体裁分类当然是合适的，但是格诺在其作品中却一直在不断挑战这个问题：他把他的某些小说当作诗歌来建构；《橡木与狗》的副标题就是"诗歌体小说"，同时这也是一部自传体叙事；在小说的三个部分中，不同的时间也由诗歌、散文和戏剧对话三种不同形式来表达。反过来，在某些诗歌中，例如《小型手提宇宙起源学》中，作者会讨论科学问题和16与17世纪。

《风格练习》是非常特别的，它几乎不能归为任何一个传统体裁。也许能够勉强放入"文论"类，因为它也算是一种文学宣言；但是它与任何此类的"文论"都完全不同：既非将文章集结成册，也没有任何清晰的理论思考……同样，作品也并不符合对小说、戏剧、诗歌或自传作品的定义，即便作品中的不同篇目对这些类型都进行了探索。

练习的种类

在大多数的"练习"（例如《叙事体》）中，叙事者叙述的还是一个或若干个事件，有不同的人物；时间的流逝通过动词的形式选择（简单过去时，叙述现在时）或词汇性的指征来体现："一天，接近中午时分……"或"两小时后"。

在《新书广告插页》中，格诺用一种很有趣的方式来强调对于某一类"叙述类型"的归属："新的小说"的"情节"包含"公共汽车上的一次相遇"，然后还有"最后的情节"；有六十多篇"练习"都是分作两段，每段都含有一个空间和时间上的指示词，强调的是在叙事上分成两个时间段。

但是在某些"练习"中，为了完成"描述"，叙事特点转向幕后，甚至是消失了；这些篇目主要是围绕某一领域内的术语组织的，针对空间中分布的各个因素；现在时的运用给人一种无时间性的感觉。例如《触觉》就可以代表这一类的描述。

- 两篇相邻的练习往往会构成一种**论证**的关系：信息的发布者试图为练习的接受者提供信息，但同时也试图说服他。
- 《幽灵》中的猎场看守人首先是在向读者汇报（领地的总管?）：这当然是一篇信息性的和解释性的文本："诉讼笔录"的接受者到最后应该能够对"现象"有一定的概念。
- 正如论证性的文本一样，命令式性质的文本则试图影响文本的接受者，然而是以建议的方式，甚至是将某种行为强加于他；指南类的文本或问题陈述（如《集合论》和《几何学》）类的文本中经常使用不定式，但也有其他语态也能表达类似的命令式价值。

叙事的不同方面：

- **虚构与叙述**：情节本身很短（短暂的争吵，然后是两个小时之后，一闪而过的相逢），但是虚构的时间不应该与叙述的时间混为一谈。因此，文本的**节奏**可以加快（《电报体》），甚至有时进行省略（例如《味觉》省略了第二段）；节奏当然也可以减慢（例如《反复强调》），通过细节的堆积，不断的偏离，叙述性的暂停（例如《故作风雅体》）等。不断往后也可以打乱事件的线性（例如《反溯》）。
- **视角**的选择：《风格练习》的独特之处很大程度上在于作者的隐退，因为"我"总以另一种形式出现。因此，在相邻的三篇（《主观视角》《主观视角二》《叙事体》）中，格诺分别让三个不同的人物成为叙述者。

- 在大多数文本中，叙述者是 S 路公共汽车上的一个乘客，两个场景的观察者。但是在不同的文本之间，我们所能感受到的，故事展开的视角却会发生变化。在《笔记体》中，信息局限在作为一个事件**外部**的人所能看到和听到的，我们不知道叙述者究竟是怎么想的；在另一些文本中，相反，我们却只能通过人物的目光和想法来追随情节。这一内部视角在某一类的**内心独白**性文本中经常采用：

詹姆斯·乔伊斯是第一个使用这一叙事技巧的小说家，在他的《尤利西斯》（1922）中。"内心独白造成我们置身于某一思想内部的错觉"（拉尔博语），它允许我们探索个体的内在自我，揭示他的犹豫、激情、幻想。福克纳也借助于这一技术，例如在《我弥留之际》中就是如此（1930）。

- 作品包含两类话语，一类是第三者**叙述**，一类是**自述**，这是《风格练习》的总体规则；例如在《旁白》中，楷体字皆非第三者叙述，而是在评述事件；于是现在时代替了简单过去时，发话者的"我"出现了，同时还有其他指征阐述叙事者的意见。

5. 您说格诺语吗?

随便翻开扎姬之父的任何一部小说,或是诗集,读了几分钟之后,我们立刻就会判断道:"这是格诺的作品!"可以做到这点的作家并不多。除了格诺之外,或许还有塞利纳,米肖或者彭吉。格诺创造了一种语言,并且不断将这种语言置于各类状况之下。

词语的乐趣

如果说格诺偏爱俗语、民间语言(可参见后文),他也喜欢通过容纳罕见词、旧词、专用词汇、知识精英的语言来丰富词汇,在他看来,音乐与意义同样重要。

- 另类的文本充分印证了格诺开发某些专门词汇领域的欲望;一类针对五种感官(练习54—58);第二类则将植物界和动物界与人体运转联系起来(练习85—86以及练习89—90)。

- 有三篇文本提醒我们,希腊语为法语提供了很多词干,因而不同的组合可以生成新词,以适应科学和技术发展之需。

- 格诺还重新激活了旧词,它们所影射的背景赋予这些练习以历史的内涵,例如《幽灵》《十四行诗》或《现代风格》。

- 反过来,格诺也强调另一点,活语言总是需要新词来不断丰富。

- 作为四部用"莎士比亚的语言"①写成的小说的译者，格诺在《英语外来词》中却创造了一种充满特别意味的混合语，将两种语言的句法、词汇和发音糅合在一起（《伪拉丁文》与《意大利语体》中也依据同一原则）；《"英格里希"（外国佬）腔》实际上是对于某个英国人念的法语文本的记录！

　　格诺非常喜欢詹姆斯·乔伊斯在 1939 年的《芬尼根守灵夜》，小说用一种费解的语言写成，是盎格鲁-撒克逊方言和欧洲语言的混合产物。在一篇名为《乔伊斯语的翻译》（《杠杠、数字与文字》，第 219 页）中，我们能够见到作者将乔伊斯式的方法运用到自己的写作上。

盛开的修辞之花

"诗歌不仅仅是抒情，尤其不仅限于隐喻的抒情。"这句话印证了格诺对于我们称之为"修辞之花"的修饰是持怀疑态度的。

- 在**替代**的诸多修辞中，《定义》中使用了迂回说法，而在《曲言》中也的确使用了……**某一种**曲言的形式，《曲言》其实也可以换个名字，叫做《简述》。至于《专有名词》，这篇练习里包含有好几处换喻。

---

① 作者在此处引用格诺原语，"la langue de Chexpire"。

- **反复强调**这一修辞手法也经常出现，与重复——"修辞
之花中最为芬芳的一朵"（《蓝花》，弗里奥丛书，第69
页）—— 一起。多篇练习都运用了这一修辞手法（例如
《反复强调》《异形同词重复》《辱骂》等），有时是同义迭
用（练习2），有时是首语重复（练习18，练习91），还
有夸张，《故作风雅体》中有很多例证。

- 隐喻和比喻可以创立更为可笑的**形象**（练习4，53，55，
56，58等）。

- 《造作体》中，格诺对史诗的贵族体进行了戏谑模仿，这
是一首真正的修辞之诗。尤其是**荷马式定语**，在希腊诗人
的作品里，但凡出现神或英雄的名字，就一定会有荷马式
定语出现（请参考尾注22—24）。

词形变化

有12篇左右的"练习"致力于对字母与音韵的游戏，以建
立新的意群。

- 一类是通过**删除**完成的词形变化，要么是在词首（《头音
节省略》），要么是在词尾（《尾音节省略》），或是词中
（《词中音节消失》），这类的词形变化我们经常在日常语言
中使用，可以形成更为简短的陈述，例如"巴士""电视"
或"晚安先生夫人？"[①]……首字母缩略词，首字母缩合

[①] 法文可省略为"bus"，"télé"，"B'soir m'sieur-dames！"

词，收尾缩合词都有类似的功能。

- 一类是通过**增加**来完成的词性变化，我们可以借助这一形式构成某些词（例如《词首增音》和《词中插音》），或者用在诗歌中，为了谐音或押韵（例如《词末增音》）。

- 我们可以将**移动**元音，甚至是移动若干字母和完整的词语归为一类，都类似《元音换位》；类似的练习有两篇交叉对调的练习，《词序混乱》《字母移位》以及《首辅音对调》。

新—法语

有四分之一的练习用了词典或者语法书归为"俗语"及"民间用语"的语言；正是这种在词汇、句法及拼写上的**自由**使得格诺为广大公众所知：现在，还有谁不知道《地铁姑娘扎姬》那颇为华丽的开头：Doukipudonktan？ ①

格诺很早就对民间语言颇有兴趣，还是个孩子的时候，他就读到了《精彩》杂志上的《镍脚奇遇记》；接着他发现了热昂·里克图斯充斥着俗语的诗歌。在 20 年代，他在咖啡馆里、公共交通工具上听巴黎市民的对话，在兵营里听伙伴们说，他意识到一种新的，摆脱了书写语言的制约的法语正在生成；而这已经是语言学家旺德里耶斯的博士论文，1920 年出版，题为《话语》："我们写的是一种死语言。"这部作品对于格诺产生了决定性的、持续的影响。

---

①　这是格诺小说《地铁姑娘扎姬》的开头，其实是对口头语言的记录，D'o俅 qu'il pue donc tant？亦即："哪里来的这么大的臭味？"

- 他从自己的观察中得出一条简单的结论：必须从我们**说的**法语中得到灵感，创造一种法语的新形式；何况所有的语言都是在发展的！因此他对"正确而学术的法语的支持者"(《杠杠，数字与文字》) 发起了猛烈的攻击，因为他们不能够正视所谓语言纯洁主义者坚持的那种僵化的语言与街头语言之间日渐扩大的鸿沟。

格诺的计划野心勃勃：发明一种新语言，他称之为"新—法语"——并在此基础上生成一种新文学，因为"新的话语会带来新的思想，而新的思想家渴求一种新鲜的语言"(《杠杠，数字与文字》，第61页)。四个世纪以前，文艺复兴时期的人文主义者和诗人也做过类似的事情，用法语替代了直到中世纪末期仍然是文人通用语言的拉丁语。为"粗俗"口头语编码，使之丰富完善，直至成为一种文学语言，这已经是杜贝莱在《捍卫和弘扬法兰西语言》里所陈述的计划。

- "新—法语"涉及语言的三个方面：拼写、句法和词汇。
  - 格诺一直是"拼音式拼写"的信徒，他认为"如果不通过口头法语的正确记录，对于诗人来说是绝不可能意识到什么是真正的节奏，准确的音声以及语言真正的音乐"(《杠杠，数字与文字》，第21页)。《风格练习》中只有三篇练习包含拼写上的改变：《通俗》《赋》《乡巴佬》。

■ "格诺语"也涉及**句法**。例如我们可以读一读《辱骂》的最后一句话：所有实施语法功能的词（例如主语人称代词"他"以及定冠词"这个"）都被放在前面，具体意义的词（"这个丑八怪""这个肮脏的傻子"）只能紧随其后。法语句子的经典秩序被改变了，但是这种句法逻辑的确是口语的句法逻辑。

我们也可以观察到另外一些具有俗语标记的语法指征：助词的错误使用（练习28，40），否定形式中取消否定词"ne"（练习38，45），插入语中取消倒装（练习42）或是取消主语人称代词"他"（练习57），增加无语义的因素（练习45，57）。

■ 在二十来篇的练习中，格诺都使用了属于民间语言或具有通俗语言标记的**词汇**；最为频繁使用的特征就是用具体取代抽象。

粗俗语言

因为觉得俗语资源"太容易变质"，格诺只在两篇练习里进行了粗俗语言的尝试：《屠夫行话》和《爪哇语》。这不是一种完整的语言，因为句法仍然是法语；触及的只有词汇；要么是借词（例如练习69中的"脚趾"一词即来自普罗旺斯语），或是用其引申义（例如练习89中，用形容词"tarte"替代了"sot"，"ridicule"），或是借助于具有生产性的词缀系统进行语言形态上的创造,(例如练习 57 中的 "pardingue"[外套] 一词,或练习 88 中的 "prétentiard"[自命不凡的家伙])。

而两篇完全贡献于"粗俗语言"的练习求助于编码的技术,对日常词汇加以转化,对于外行来说,根本无法理解。

走向"乌力波"

制定**规则**可以刺激文学创作,这是《风格练习》的基本原则,其中的每一篇文章都遵循不同的制约;格诺在开发语言的潜力,创造新的形式;他同时也通过《亚历山大体》《十四行诗》或《短歌》等练习强调诗歌创作同样得到规则制约的滋养。1960年,格诺和数学家 F. 勒里奥奈共同建立的第一批"乌力波"文学范例却都是严格遵照中世纪诗歌**格律形式**的诗歌。

> 乌力波,亦即潜在文学工场是建立在形式研究之上的写作坊;小说家、诗人和数学家共同试验新的文学形式;他们受到数学的启发,求助于计算机辅助手段。尽管格诺总是说这是写"天真的,工匠式的,有趣的"研究,但却造就了一批伟大的著作(例如之后佩雷克、卡尔维诺、鲁波的作品)。

• 《风格练习》中有很多作品都受到"乌力波"文学的启发;其中最为著名的是《平移》和《字母避用》。
  ■ 《平移》的规则在于,将该文本中的每个名词都用字典上位于其后的第六个名词置换掉;因而 "heure"(时)

就变成了"Hexagone"（六边形）；"type"（家伙）变成了"台风"等。（需要注意的是，有三个名词的平移方向正好是反过来的！）后来"乌力波"将之重新命名为"S + 7"，并且这一技术被运用到对拉封丹一则著名的"寓言"的改写上，成为《相片轨道和分数》①。

■ 《字母避用》的原则在于通篇文本中，不能出现含有某个或某几个字母的词语；格诺在文本中避用的字母是"e"。后来佩雷克用这个规则完成了一整本小说，《消失》，于1969年出版。

■ 在"乌力波"的文学试验中，我们还能够找到格诺想象出的其他一些规则性的制约，已经运用在其《风格练习》上的，例如在《定义》《反义》和《同音异义》等练习中。

四、其他

搬上舞台！/ 电影风格 / 写作作业的主题 / 阅读建议

1. 搬上舞台！

自1949年开始，格诺参与了很多电影和舞台表演的制作，有时是为其写歌、对话或者评论；他的不少小说改编成广播剧，被搬上了舞台或者电影银幕（可参见大事记部分）。至于《风格练习》，在该书出版两年后，人们在巴黎的一家夜总会舞台上发

① 遵循统一规则，拉封丹原寓言为《知了和蚂蚁》(*La Cigale et la Fourmi*)。

现了它。

　　"红玫瑰"演剧团的经历伊夫·罗贝尔了解作品之后，立刻为其中所蕴含的戏剧可能所吸引，他和前一年走红的雅克兄弟，表演唱的创始人谈及此事；后来雅克兄弟在舞台上阐释了三十多篇"练习"，舞台上，除了他们，还有三十多个叙述情节的演员……他们用的是……生造的拉丁语（可看考《伪拉丁语》）。

　　自此之后，有不少艺术家都将《风格练习》搬上过舞台。

2. 电影风格

　　格诺喜欢电影，只要读一读他的《远离厄尔镇》就能够清楚地了解这一点。他在十二岁的时候发现了"第七种艺术"，当时的默片明星（《专有名词》里提到过其中的两个）令孩子惊叹不已，并给予作家以灵感。

- 夏尔洛 ① 自 1915 年起成为孩子们的偶像，和《风格练习》中那个自我中心的年轻男子颇为相似：他们的确代表了同一类人，象征着某类**无法适应**社会的个体，以奇装异服、特立独行招摇过市。他们俩都是"中规中矩"的人指责和挖苦的目标。

- 格诺作品本身就具有电影风格：生动的场景，伴有对话的移动与手势；每一场都很简短，用"镜头"切分的节奏，省略化（留给读者想象，例如在这一出"戏"的两幕之间

---

① 　卓别林系列电影主人公的名字。

究竟发生了什么!),视角或者同一个镜头内视野的变化。

3. 写作作业的主题

• 1938 年 11 月,格诺在《意愿》杂志上发表了一篇文章,在其中格诺写道:"所有都需要被打破,才能够被感知、被理解,所有作品都会向读者呈现一种抵抗,所有作品都是一桩艰涩的事情……"在《高康大》一书的《序言》中,拉伯雷已经邀请他的读者"打断骨头,吮吸其中的软组织"。

• "所有的创造都只在于制作某样什么都不是的东西",这是拉辛在《贝蕾妮丝》的序言中说的;1852 年,福楼拜也梦想着写一本"什么都不是"的书……,而只依靠"风格的内在力量支撑"(致路易丝·科雷信)。《风格练习》又是如何体现文学的这一概念的?

4. 阅读建议

• 如果我们也对格诺戏谑模仿一下(参见练习 50),我们可以说:"读着读着我们就成了读家!"建议可以从格诺的若干小说入手:(《远离厄尔镇》《生命的星期天》或者《我的朋友皮埃罗》)。两部最有名的作品也许是《地铁姑娘扎姬》和《蓝花》,这两部也是《弗里奥丛书》某一期杂志的研究对象。

• 您喜欢诗歌吗?您可阅读《在街头奔跑》,《劈波斩浪》或《周游乡间》,另外,1992 年,七星文库出版了格诺的诗歌全集。

- 如果要对他的文学理念有所了解，集结出版的《杠杠，数
字与文字》是必不可少的读物。

注 释

以下注释或许可以解决一本好的词典未必能够解决的困难。

1. S 路车：S 字母指的是公共汽车的线路，但有时也用来指代公共汽车本身。

2. 贡特斯卡尔普（Contrescarpe），香贝雷（Champerret）：一条公共汽车线路的两个终点站，分别位于拉丁区和巴黎的西北面。

3. 刊登在《信息》杂志 1943 年 12 月期时，该文原来的标题为《鳞片》。

4. 词序混乱，语法术语；指的是句子结构的错误；词语的正常顺序被颠倒。

5. 逻辑接力：这个游戏中，事先确立好一张词汇单，然后将清单上所有词汇按照既定顺序插入文章。

6. TCRP，巴黎地区公共交通公司，1942 年解散。

7. Autobi，是作者根据公共汽车随意创造出来的一种复数形式，依据拉丁文第二种性数变化的规律。

8. 如今改为 84 路：括弧里的内容是 1945 年 11 月 26 日添加上去的；因为那一天，S 线路又重新恢复，更改为 84 路。

9. Co-foultitudinairement：依据 foultitude【旧】（大量的）生造出

来的一个副词。

10. Lutécio：由 Lutèce 发展而来，巴黎的旧称。

11. Longicol：长着长脖子的人；生造词，仿造 longicorne（长角动物）或 longiligne（细长四肢的人）的模式生造而成。

12. Voulant-être，是对萨特 1943 年出版的《存在与虚无》中大量的萨特式术语的戏谑模仿。

13. 1947 年版时，胸口，l'échancrure 一词也出现了字母移位，为 l'éranchucre。

14. 同声结尾辞是一种修辞手段，指的是一句话，或是一个词组的结尾词由同样的音节构成。

15. Capitule：植物学术语，拉丁语为 capitulum，指的是小脑袋。

16. Prière d'insérer：用来介绍著作的散页，与书一起，供记者之用。

17. Pour qui sont ces serpents qui sifflent sur：拉辛著名的头韵范例。（《安德洛玛克》，第 5 幕，第 5 场）

18. Cours doubles：双重庭院指的是罗马庭院和勒阿弗尔庭院。

19. Polyptotes：同一个词，加上不同的，可以搭配的语法功能词尾进行使用。

20. Pinglots：pinceaux 的变形使用，俗语中指"脚"。

21. Ampoulé：在 1947 年的版本中，该篇目标题为《高贵》。

22. L'aurore："有玫瑰色手指的黎明"。（荷马，《奥德赛》，第 5 卷）

23. Aux yeux de vache：在荷马笔下，"牛眼"是女神赫拉的特征之一。

24. Au pied rapide：荷马用"脚力迅捷"来形容阿喀琉斯，希腊
的战士。

25. De suie：诗人马勒伯曾写过"蛇发的不睦女神"。

26. Un michet：或为 micheton，miché，意为傻瓜，骗子或是嫖
客（俗）。

27. Paréchèses：语言错误，把发音相同的音节排列在一起。

28. Buccle：以 bucca（拉）为基础的生造词，意为嘴。

29. Brusquement…bousculait；1947 年版时为"busquement"和
"buscoulait"。

30. Stibulation：stipulation，意为"条款"，"明确表示"。

31. La petite Pologne：对于地名的解释，可参考文后所附
内容。

32. Fortuite：美就像缝纫机和雨伞在手术台上的偶遇！（洛特雷
阿蒙，《马尔多罗之歌》，第六首，1869）

33. Autobusilistique：新造词。

34. D'un long cou："长有长脖子的长嘴鹭"。（拉封丹，《寓言》，
第七卷，第 4 首）

35. Sébastien-Bottin：法兰西学院（L'Académie française）坐
落于法国学院（L'institut de France）内，距离伽利玛出版
社和花神咖啡馆（位于塞巴斯蒂安–波旦街）仅几百米远，
花神咖啡馆是战后圣日耳曼–德普雷地区最有名的咖啡馆
之一。

36. Orgue de Barbarie：这种乐器和用来替车票盖戳的机器有一

个相似之处，那就是都有一个手柄。

37. 从教士一直到希腊救援劈开的夯，文字游戏，作者用了一系列与字母（abcdefg...）同音的词，所以这一系列的词与文中意义无关。

38. Fashionable：19 世纪常用的一个英文词，意为"时尚的尖端"。夏多布里昂将之当作名词使用。

39. Chouigne-geume：英语为 chewin-gum。

40. Les grappes：《愤怒的葡萄》，斯坦贝克的小说，于 1939 年出版；法语译本 *Les raisins de la colère* 于 1947 年出版。

41. Pardingue：即 pardessus，意为"外套"。

42. Coinquant：在拟声词"coin coin"基础上形成的过去分词。在拟声一文中为"teuff teuff"。

43. Voyajrices：在《柠檬的孩子》（*Les enfants du limon*）中，也出现了类似的造词，libre-pensrice。

44. Arcturus：词源为希腊语，牧夫星座，意为"一直追踪熊的猎手"；这颗星实际上处在大熊星座的尾巴延伸处。

45. Tanka：日本共 31 个音节的诗歌形式，5 个诗句，每个诗句的音节分布为 5/7/5/7/7。

46. Translation：这一练习在于将文中的名词置换掉，代之以词典上该名词后的第六个名词；因此"heure"（小时）成了"六边形"（Hexagone）；"type"（家伙）成了"台风"（typhon），等等。（但必须注意到，其中有三个词为方向相反的置换！）后来"乌力波"又重新冠之以"S+7"，这一技巧在拉封丹寓言《知了与蚂蚁》的基础上生产出了一则寓言：《反曲线与分数》。

47. Beau：这个常用名词在此文中用其古意，意为"优雅的人"。英国人用一意思相近的词来表达：dandy。

48. Paragoges：在词末增加一个非词源性音素。

49. Joséphine：有些公共交通工具的平台会冠以"皇家平台"……所以约瑟芬也许是影射皇后，或者作者想到了1855年，公共马车公司那些别致的名字：卡洛琳娜，羚羊，燕子，约瑟芬……

50. Le trop long：这是在影射某些君主的绰号：秃头查尔斯二世，胖子查尔斯三世……？

51. Gibus：一种高帽的设计者，所以后来以他的名字来称呼这种形式的帽子。

52. Trissotin：莫里哀戏剧《女学者》中的人物，一个"蠢三倍"的所谓学究。

53. Rubens：弗拉芒画派画家（1577—1640）。

54. Poldèves：关于可怜的保尔戴维亚的谣言于1929年在法国流传。后来，在完成《我的朋友皮埃罗》时，格诺想起了这个虚构的国家和人民：在这部小说中，一场保尔戴维亚的葬礼扮演着非常重要的角色。

55. Eris：在希腊诗人赫西俄德（公元前8世纪—前7世纪）笔下，厄里斯是纷争（不睦）女神。

56. Laplace：以法国物理学家、数学家、天文学家拉普拉斯（1749—1827）命名的一个偏微分方程式。由拉普拉斯又引入了惠更斯（Huyghens），见下注。

57. Huyghens：荷兰数学家、物理学家和天文学家，发明了摆钟（1627—1695），从而改进了计时器。

58. Brumell：英国最著名的浪荡子（1778—1840），以领导时尚潮流而闻名。

59. Cicéron：在此借代对话。西塞罗是著名的拉丁语演说家，也用来影射意大利导游的饶舌。人们也说，西塞罗一下，在意大利俗语中即指当导游。

60. Loucherbem：肉店老板的俗语。

61. Javanais：另一种俗语（可参考下文的解释）。和爪哇岛毫无关系！

62. Populusque：*senatus populusque romanus*，著名的拉丁文表达，强调罗马共和国是在议事会与人民大会的共同治权下。

63. Ejusdem farinae：同一类，指相同性质的人或物，差不多同一类型，一个比另一个好不到哪里去。

64. Tylosis gompheux：源自拉丁语 tulosis，意为老茧，脚上的鸡眼；gompheux 同样源于拉丁语 gomphos，意为踝骨，关节。

65. Vont boire："狮子饮水时，周围一片静寂。"（雨果，《世纪传说》第二卷，《沉睡的博阿兹》）

66. Zoziau：生造词，用"傻瓜"（zozo，俗语）之意，词尾或来自于"鸟"（oiseau）的第二个音节？

67. Terrain：在该文背景下，"terrain"一词指的是展开决斗的场地。

68. Corpurchic：由"pur"与"chic"组合而成，该词首次出现

在 1886 年的《费加罗报》上。

69. Pet-en-l'air：一种男士内穿的短上衣，止于腰部。

70. La haute：上流社会（流行语）。

71. Probabiliste：运用了概率理论的。作为形容词首次出现于 1947 年。

72. Gueurdi et racornissou：前一个词为"engourdi"省略头音，后一个词为"racorni"增加尾音。

73. Pantruche：俗语，巴黎。

74. Plombaigneuse：铅色（词缀为铅的，plombe）。

75. Gentiane：龙胆，这种植物含有一种苦味。

76. Hic et nunc：拉丁文，意为"在这里，此时"，当时，没有延迟。